PAVILLON

D1928414

LEONIE OSSOWSKI

Stern ohne Himmel

Roman

PAVILLON VERLAG
MÜNCHEN

Pavillon Taschenbuch
Nr. 02/355

Umwelthinweis:
Dieses Buch wurde auf
chlor- und säurefreiem Papier gedruckt.

Taschenbuchausgabe 01/2004
Copyright © 1978 Beltz Verlag, Weinheim und Basel
Programm Beltz & Gelberg, Weinheim
Copyright © dieser Ausgabe by
Ullstein Heyne List GmbH & Co.KG, München
Der Pavillon Verlag ist ein Verlag der
Ullstein Heyne List GmbH & Co. KG
Printed in Germany 2004
Umschlagillustration: Premium Stock Photography/Image State
Umschlaggestaltung: Nele Schütz Design, München
Druck und Bindung: GGP Media, Pößneck
http://www.heyne.de

ISBN: 3-453-87492-7

Die Treckwagen wirkten beunruhigend. Schon vor Wochen waren die ersten Kolonnen vorbeigezogen, aber damals waren sie noch in großen Abständen herangerollt. Man hatte sie bestaunt, denn in der Aufmachung glichen sie eher Zigeunertrupps. Aber mit der Zeit war die Angst gewachsen. Tag und Nacht rumpelten die Räder rechts und links an dem großen Alumnatsgebäude vorbei über den Marktplatz. Das monotone Anrufen der Pferde, das Knarren der Räder, das Heulen fremder Hunde scheuchte die Bürger nachts in den Betten hoch. Jeden Tag schien sich die Hoffnung zu verringern, daß die Flucht nur anderen bestimmt sei.
Gerüchte wanderten von Tür zu Tür. Man erzählte, man übertrieb, man schürte die Angst. In den Hinterhöfen, in den Kellern, vor den Nachbarn verborgen, wurden Handwagen und Fahrräder bepackt, denn es war verboten, sich ohne Befehl davonzumachen.
Frau Nagold starrte durch die Fenster ihrer Wohnung im obersten Stock des Alumnatsgebäudes. Bis jetzt hatte sie versucht, ihre Fluchtgedanken zu bezähmen. Sie hatte ihre Pflicht als Lehrersfrau im Alumnat erfüllt, sie hatte die Jungen versorgt, sie war in der Küche eingesprungen, als die Köchin eines Morgens mit Sack und Pack verschwunden war. Sie hatte sich bemüht, den optimistischen Reden des Direktors Jähde Glauben zu schenken, daß Adolf Hitler im richtigen Moment die richtige Waffe einsetzen würde. Aber wo blieb diese, wenn die Treckwagen schon jetzt aus einem Ort kamen, der kaum hundert Kilometer entfernt war?
Frau Nagold schloß die Augen. Ganz langsam nahm das Grauen auch von ihr Besitz. Sie wehrte sich nicht, im Gegenteil, sie schien wie erlöst, sich endlich dieser Angst hingeben zu können und nach ihr zu handeln.

Hastig wandte sie sich vom Fenster ab und begann wahllos zu packen. Sie riß Schränke und Schubladen auf. Sie verstreute Wäsche, Bücher, Konserven, Schuhe auf Tisch und Erdboden. Sie füllte Koffer, Taschen und Säcke so lange, bis ihr klar wurde, daß sie nicht mehr als einen Koffer davontragen könnte.

Seit dem letzten Fliegerangriff klemmte die Eichentür des Alumnats, und die Frau, die eilig den Platz überquert hatte, brauchte beide Hände, um sie aufzustoßen. Die Ruhe im hohen Treppenhaus war ungewohnt. Unsicher hob sie eine Haarnadel auf, die ihr beim Eintreten aus dem Knoten gefallen war. Sie sah sich um und fand sich einer lebensgroßen Büste Adolf Hitlers gegenüber. Die Frau wandte beschämt den Blick. Im gleichen Augenblick erfüllten die Stimmen der Chorschüler das ganze Treppenhaus. Lehrer Nagold hatte in der Aula mit den Proben begonnen.
Die Alumnatsschüler waren an strengen Gehorsam gewöhnt. So sangen sie auch weiter, als die Tür aufgerissen wurde und die Mutter des jüngsten Chorschülers zwischen ihre Reihen trat. Noch ehe Lehrer Nagold das Schlußzeichen geben konnte, preßte die Frau beide Hände an die Ohren und schrie: »Aufhören.« Dann langte sie nach einem schmächtigen Zehnjährigen und zerrte ihn hervor. »Los, komm«, herrschte sie ihn an. Der Junge wehrte sich. Er stemmte die Beine gegen den Boden, sein Gesicht rötete sich vor Anstrengung und Scham.
»Ich will nicht«, rief er böse und so laut, daß es alle hörten. Aber die Mutter zog ihn fort, und er las den Spott und die Verachtung in den Augen seiner Kameraden.
»Sie können nicht einfach in den Unterricht hereinplatzen«, sagte Nagold freundlich. »Wollen Sie nicht warten? Die Probe dauert heute nicht lange.«
»Warten?« schrie die Frau höhnisch, »bis die Russen kommen, ja?« Ihr Blick glitt über den großen, blonden Mann bis hinunter zu den Beinen, die merkwürdig ungelenk nebeneinander standen.

»Das da«, sagte sie und zeigte mit dem Finger auf Nagolds Beinprothese, »genügt Ihnen wohl noch nicht?«
»Ich weiß nicht«, sagte Nagold härter, »ob es jetzt der richtige Augenblick ist, über eine Amputation zu sprechen.«
Die Frau zog das Bürschlein an sich. »Mein Manfred kommt mir nicht nach Sibirien!« schrie sie.
Der Junge spürte, wie töricht die Worte der Mutter wirkten. Er war immer der Schmächtigste in der Klasse gewesen, und in Gedanken hörte er das schallende Gelächter der Jungen, so wie er vorhin den Spott in ihren Augen gesehen hatte.
»Ich will nicht«, rief er wiederum. Seine Stimme klang schrill. Er stampfte mit dem Fuß.
Nagold öffnete wortlos die Tür. Es lag ihm nichts daran, seine Schüler noch länger der Hysterie einer Mutter auszusetzen.
Frau Steiner riß Manfred zum Ausgang. Er stolperte und begann zu heulen.
Nagold ließ sich Zeit. »Könnt ihr euch Manfred in Sibirien vorstellen?« fragte er dann.
Die Jungen schüttelten den Kopf, einige kicherten.
»Die Angst ist gefährlicher als die Russen«, fuhr Nagold fort. Seine Worte erschienen ihm läppisch.
»Sie ist deshalb gefährlicher, weil sie dumm macht, und in diesen Tagen müssen wir wachsamer sein denn je.«
»Jawohl, Herr Nagold«, klang es aus den Reihen.
Nagold fuhr auf. Wie war das gemeint? Forschend blickte er in die Gesichter seiner Schüler.
»Geht jetzt und macht Freistunde, wir proben am Nachmittag weiter.«

Bald nach der Ausheilung seiner Verwundung hatte Nagold wieder seinen Platz als Chorleiter und Musiklehrer im Alumnat angetreten. Als gesunder, unbelasteter Mensch war er in den Krieg gezogen. Als Krüppel war er zurückgekehrt. Den Posten des Rektorats hatte inzwischen sein früherer Kollege Jähde eingenommen. Jähde war schon in Vorkriegszeiten als strenger Verfechter des Nationalsozialismus bekannt und gefürchtet gewesen. So ließ er sich keine Gelegen-

heit entgehen, den Knabenchor für Parteikundgebungen und Feierstunden heranzuziehen.
Während Nagold an der Front gekämpft hatte, verwundet wurde und ein Bein verlor, war Jähde avanciert. Jovial hatte der frischgebackene Rektor dem einbeinigen Musiklehrer bei dessen Wiedereinstellung auf die Schuler geklopft und gesagt: »Kopf hoch, Nagold, auch wenn Sie nicht mehr für Führer und Vaterland an die Front können, hier gibt es auch Pflichten. Wir brauchen solche Leute wie Sie. Helfen Sie mir, aus diesem mit falscher Tradition beladenen Kindergesangsverein einen deutschen Jugendchor zu machen, auf den unser Führer und unsere Stadt stolz sein kann.«
Direktor Jähde hatte Nagold die Hand hingestreckt. Aber Nagold hatte sie übersehen. Seit diesem Tag lag unausgesprochene Feindschaft zwischen den Männern.
So war Nagold, ohne daß er es wußte, in die erste Reihe der großen Widersacher des Rektors gerückt, dessen fester Wille es war, mit der Kirchenliederei seines Musiklehrers aufzuräumen.
Aber die letzten Wochen durchkreuzten auch die Zukunftspläne des Herrn Jähde. Man konnte den normalen Schulbetrieb nicht mehr aufrechterhalten, der größte Teil der älteren Schüler wurde zum Volkssturm eingezogen. Alle Lehrkräfte bis auf Jähde und Nagold waren an der Front. Trotzdem wurde der Chorbetrieb nicht aufgelöst. Jähde bestand sogar auf dem Einhalten des allwöchentlichen Vespersingens. Tatsächlich aber kämpfte er mit der Erhaltung des Alumnats um seine eigene Haut, denn nur als Rektor der Schule hatte er sich seine Freistellung von der Wehrmacht sichern können.

Nagold ahnte von den plötzlichen Fluchtplänen seiner Frau nichts. Schon vor Tagen hatte er diese Möglichkeit scharf zurückgewiesen, zumal es jetzt einige Kinder im Hause gab, deren Verbindung mit den Eltern durch den schnellen Vormarsch der sowjetischen Truppen abgerissen war. Das Jammern seiner Frau über Verlust von Hab und Gut und ihre klägliche Angst vor einer persönlichen Gefährdung hatten

ihn zu ungewohnter Schärfe hingerissen. Es war der erste laute Wortwechsel in ihrer Ehe gewesen.
Als Nagold jetzt das Chaos in seiner Wohnung vorfand, konnte er sich im ersten Augenblick kaum beherrschen. Er fegte einen Stapel Wäsche vom Stuhl und setzte sich.
»Was machst du da?«
»Ich packe, wie die anderen auch!«
»Welche anderen?«
Frau Nagold antwortete nicht, sie packte weiter, er sah ihr zu. Die Stille zwischen ihnen wurde unerträglich. Am liebsten wäre sie zu ihm hingelaufen und hätte ihn gebeten, mitzupakken, mitzukommen, sie nicht allein zu lassen mit dieser schrecklichen Angst. Statt dessen hielt sie ihm zwei Pullover hin.
»Willst du beide mitnehmen oder nur den Patentgestrickten?« sagte sie und bemühte sich, ihren Worten einen selbstverständlichen Klang zu geben. »Er genügt vielleicht, zwei nehmen zuviel Platz weg. Dafür könnte ich ja deine Noten oder ...«
Er blickte sie nur an. Ihre Stimme zitterte. Langsam ließ sie die Hände sinken. Ihre Augen füllten sich mit Tränen.
Wortlos begann Nagold aufzuräumen. Wahllos stellte er den einen oder anderen Gegenstand auf den alten Platz. »Du packst Koffer«, sagte er leise, »eine hysterische Frau holt ihr zehnjähriges Kind aus dem Unterricht, weil sie es in den Bergwerken von Sibirien sieht. Und ich soll mit den Jungen singen.« Mitleidig sah er zu, wie sie vor sich hin weinte. Ihre Augenlider waren geschwollen, und auf ihren breiten Bakkenknochen hatten sich rote Flecke abgezeichnet.
Sie gab die Hoffnung nicht auf, daß auch ihn plötzlich die nackte Angst packen könnte und er an ihre Seite getrieben würde.
»Willst du hierbleiben, wenn die Russen kommen? Willst du zusehen, wie sie uns alles wegnehmen? Wie sie Kinder schlagen und ...« ihre Stimme sank zu einem Flüstern, »Frauen vergewaltigen? – Vielleicht mich?«
Nagold hieb mit der Faust auf den Tisch.

»Meinst du, wenn ich mit meinem Holzbein und einem Koffer in der Hand losrenne, holen sie uns nicht ein?«
Die Vorstellung, mit einer Prothese und zwei Koffern vor russischen Panzern herzugaloppieren, erheiterte ihn. Er begann zu lachen und lachte plötzlich lauthals, bis er das Entsetzen in ihren Augen las.
»Du lachst?«
»Ja«, sagte er gereizt, »manchmal lacht man eben, auch wenn es nicht lustig ist.«
Sie wußte nichts zu erwidern, sie fühlte sich enttäuscht. Hatte sie nicht an ihn wie an sich selbst gedacht? War denn der Wunsch nach Sicherheit so widersinnig?
Es schien, als wenn er ihre Gedanken geahnt hätte.
»Und wie ist es mit den Jungen? An sie denkst du nicht? Schließlich hat man sie uns anvertraut. Es ist eine Verantwortung, die wir beide übernommen haben. Du auch!«
Er wartete keine Antwort ab. Er kam auf sie zu, hob ihr Kinn.
»Hör auf mit deinem Packen.«
Sie nickte gehorsam.
»Ja, natürlich, die Jungen«, murmelte sie und blickte zu ihm hoch. Mechanisch strich er ihr einige Male über das Haar. Es tat ihr gut, und sie versuchte ein Lächeln. »Wir sind alle ein bißchen durcheinander«, sagte er und war erleichtert, daß sie nichts von seiner Einsamkeit spürte.

Es war zur Tagesordnung geworden, daß Flüchtlinge an den Mahlzeiten teilnahmen. In allen Häusern wurde es so gehandhabt, denn die Volksküchen reichten für die große Anzahl der Vorbeiziehenden nicht mehr aus.
Direktor Jähde war darauf bedacht, in seinem Alumnat soviel Fremde wie möglich zu beköstigen. Er glaubte, seiner Umwelt ein gutes Beispiel geben zu müssen. Gewichtig saß er am oberen Tischende zwischen seinen Schülern und dem Ehepaar Nagold. Seine flinken Augen betrachteten die Fremden voller Mißtrauen. Er mochte dieses schweigende, hungrige Löffeln nicht. Es hatte in seiner Selbstverständlichkeit etwas Vorwurfvolles.

Meist hielt er die Stille nicht lange aus. Er fragte nach den deutschen Truppen und bekam statt dessen vom Vormarsch der Russen zu hören. Das war für ihn jedesmal der Anlaß, die zuversichtlichen Nachrichten aus dem Wehrmachtsbericht zu wiederholen. Die Fremden nickten mit den Köpfen, manch einer verstieg sich in eine vorlaute Antwort. Die Jungen nahmen an diesen Unterhaltungen wenig teil, ja, sie hörten oft nicht einmal zu. Die gewohnte Erziehung und Geborgenheit im Bereich der Erwachsenen, die mit Gehorsam zu bezahlen war, schien ihnen in den letzten Tagen immer fragwürdiger. So hatten sie ihre eigenen Gedanken und Pläne.
Der größte von ihnen hieß Antek. Trotz seiner sechzehn Jahre hatte Jähde ihn vom Volkssturm zurückstellen lassen, denn Anteks Stimme war im Chor nicht zu ersetzen. Als die Klassenkameraden stolz in den Krieg zogen, um Vaterland, Frauen und Kinder zu schützen, glaubte Antek, die Schmach nicht zu verwinden, daß sein Beitrag zum Endsieg Gesang bleiben sollte. Er war zum Direktor gegangen, er hatte Nagold als alten Soldaten flehentlich um Verständnis gebeten und schließlich bei seinem Hitlerjugendführer Hilfe verlangt. Aber alle seine Bemühungen blieben erfolglos. Direktor Jähde hatte ihn kurz abgewiesen. Die patriotischen Gefühle des Sechzehnjährigen hatten ihn wenig beeindruckt. Dagegen hatte Lehrer Nagold für seinen Schüler mehr Zeit. Er war mit ihm in seine Wohnung gegangen, hatte sich hinter seinen Schreibtisch gesetzt und Antek erzählen lassen.
Antek hielt Nagold die Pflichten der nationalsozialistischen Jugend entgegen. Und die waren nicht singen, sondern kämpfen, um den totalen Krieg zum Endsieg zu bringen, auch wenn es das Leben koste. Das geduldige Zuhören seines Lehrers hatte Antek froh gemacht, er glaubte sich am Ziel.
»Sagen Sie selbst, Herr Nagold, ist es nicht wichtiger«, wenn ein Junge von sechzehneinhalb Jahren an die Front geht, statt in der Kirche zu singen?«
Nagold war aufgestanden, und sein Holzbein schien Antek doppelt laut über die Dielen zu stampfen.

»Wenn es irgendeinen Zweck hätte, Antek, wäre ich auch deiner Ansicht, daß es besser ist zu kämpfen, als Kantaten zu singen. Aber der Krieg ist für uns sinnlos geworden. Wenn man nicht an einen Sieg glauben kann, kämpft man nicht mehr ehrlich.«
Antek hatte im ersten Augenblick die Worte Nagolds überhaupt nicht begriffen. Mit dieser Deutlichkeit hatte er noch nie einen Menschen sagen hören, daß der Krieg für Deutschland verloren sei. So etwas durfte man nicht einmal denken.
»Aber«, hatte er gestottert, »wenn das wahr wäre, und es ist ganz bestimmt nicht wahr, solange es noch einen deutschen Soldaten gibt ...«
»Hast du schon einmal einen russischen Soldaten gesehen oder einen amerikanischen oder einen französischen oder einen englischen?« hatte ihn Nagold angeherrscht.
Antek war erschrocken, hatte den Kopf geschüttelt.
»Dann red auch nicht so einen verdammten Unsinn.«
»Aber was wird denn aus uns?«
Nagold hatte vor sich hin genickt, als hätte er sich diese Frage schon tausendmal gestellt, hatte die Schultern hochgezogen, wie er es oft tat, Antek angesehen und gesagt: »Nichts.«
»Nichts?« hatte Antek geflüstert, »wie können Sie das sagen?«
»Doch, du mußt dich daran gewöhnen, denn in Wochen, vielleicht in Tagen werden es alle sagen, nicht nur ich. Dann ist es vorbei. Dann gibt es kein Vaterland mehr, für das man kämpfen kann.«
Antek war hochgefahren. Eine wilde Wut hatte in ihm jede Erwiderung erstickt. Wortlos war er aus dem Zimmer gelaufen, und er hatte sich beherrschen müssen, um nicht die Tür mit lautem Knall ins Schloß zu werfen.
Von diesem Tag an hatte sich Anteks Liebe für den Lehrer in Verachtung gewandelt. Er vermied jedes Zusammensein mit Nagold. Von nun an war Nagold in Anteks Augen ein Feigling, ein Mann ohne Vaterlandsliebe, ein Lehrer, der es nicht wert war, das Vertrauen eines Schülers zu besitzen.

Antek war anschließend zu seinem HJ-Führer gegangen, der sofort versprochen hatte, sich für ihn einzusetzen. Aber auch diese Bemühungen waren durch die enge Beziehung des Rektors Jähde zu dem Kreisleiter ergebnislos.
Und damit war Anteks Schicksal besiegelt. Er durfte nicht Soldat werden.
Nachts lag er lange wach, und wenn er endlich einschlief, quälten ihn böse Träume. Im Unterricht wurde Antek unaufmerksam, er gab freche Antworten und erstaunte die Kameraden durch ungewohnte Aufsässigkeit gegenüber den Erwachsenen. Zu den Freunden wurde er mürrisch und grob.

Jäh wurde Antek aus seinen Gedanken gerissen. Paule stieß ihn an.
»Guck mal die da drüben«, sagte er und wies unauffällig auf eine schwangere Frau, die gierig ihre wässrige Suppe schlürfte, »was die für einen Hunger hat.«
Paule beugte sich näher zu dem Freund.
»Mit der kann man bestimmt einen Tausch machen. Frag mal, was sie für einen zweiten Teller geben will.«
Antek rührte in seiner Suppe, ohne davon zu essen. So wie Paule muß man es eben machen, dachte er, sich um nichts weiter kümmern als darum, möglichst unauffällig und sicher das zu organisieren, was zum eigenen Wohl notwendig ist. Antek schob der Frau wortlos seine Suppe hin. »Nehmen Sie schon«, sagte er.
»Du Idiot«, zischte Paule wütend. Antek hatte ihm das Geschäft vermasselt. Die Suppe mußte schließlich verkauft werden, solange sie noch warm war.
Er stieß den gegenübersitzenden Jungen vor das Schienbein.
»Suppe?«
Der Kleine nickte.
»Was gibst du?«
»Ich hab nichts.«
Paule nahm seinen Teller zurück und zog schmatzend den Löffel durch die Lippen. Der Junge gegenüber schluckte trocken. Paule überlegte fieberhaft, was er dem Jungen

abluchsen könnte. Irgendeinen Schatz hatte jeder, und da sah er ihn auch schon. »Die Trillerpfeife«, zischte er.
Der Junge schob den kostbaren Besitz über den Tisch. Aber Antek war schneller als Paule. Er riß dem Kleinen die Pfeife aus der Hand und ließ sie bei sich verschwinden.
»Hol sie dir nachher bei mir wieder!«
Dann wandte er sich an Paule. »Entweder du gibst ihm deine Suppe so, oder du kommst nachher nicht mit. Das kannst du dir aussuchen.«
Antek spürte eine wahre Lust, dem Freund den Tausch zu verderben. Dabei war es nicht das erstemal, daß das Essen gegen andere Werte eingehandelt wurde. Antek hatte täglich zugesehen und nichts daran ausgesetzt. Heute war es anders. Paule hatte die Suppe ohne Gegenleistung hinübergeschoben. In dumpfer Wut brütete er vor sich hin, wie er Antek das heimzahlen könnte. So leicht ließ sich ein Paule nicht erpressen, und er dachte gar nicht daran, auf etwas zu verzichten. Antek war der Stärkste, Antek hatte den Schlüssel, der die Tür ihrer Schatzkammer öffnete, und in Anteks Hand lag es, ob man eine wässerige Kohlsuppe notgedrungen hinunterschlang oder ob man sie verkaufte, weil man sich auf angenehmere Weise sattessen konnte. Sehnsüchtig sah Paule zu Willi und Zick hinüber, die fröhlich und mit gewohnter Routine ihre Suppe feilboten.
»Das kommt dir teuer, Antek«, sagte Paule langsam.
Antek würdigte den Freund keines Blickes. »Willst du drohen?«
»Mir egal, wie du das nennst, aber mit Paule machst du so was nur einmal.« Immer wenn Paule sich ärgerte, nannte er sich selbst beim Vornamen.
»Lächerlich, dein Palaver wegen einer Wassersuppe.«
Paule fuhr herum. Sein dreieckiges Gesicht wurde noch blasser, nur die Ohren röteten sich im Zorn.
»Wassersuppe?« er beugte sich zu Antek: »Du meinst Trillerpfeife.«
Antek schüttelte den Kopf. »Nein«, sagte er gelassen, »ich meine Wassersuppe!«

»Du hast Paule ein Geschäft vermasselt, und dafür wirst du zahlen. Das schwör ich dir.«
Antek nahm das nicht tragisch. Er hob gelangweilt die Schultern und warf dem Freund ein höhnisches »Wie denn?« hin.
Rektor Jähde gab das Zeichen zum Aufstehen. Damit begann für die Jungen die ersehnte Freistunde. Antek, Paule, Willi und Zick hörten ungeduldig den Mahnungen Nagolds zu, pünktlich um drei Uhr zur Probe zu erscheinen.

Während Willi und Zick vor dem Gebäude auf Antek warteten, war Paule schon vorgelaufen. Er hatte keine Lust gehabt, mit Antek zusammen den Weg zu gehen. Er brauchte Zeit, um herauszufinden, wie er sich am besten rächen konnte.
»Hast du auch Hunger?« fragte Zick kläglich.
Willi sah den Kleinen verächtlich an. »Du kannst dich nie zusammennehmen, es ist immer dasselbe.«
»Für Hunger kann man nichts«, gab Zick böse zurück, »mein Magen ist überhaupt kein Magen mehr, sondern ein Loch, so groß wie der Hintern in deiner Hose.«
»Darauf antworte ich überhaupt nicht«, sagte Willi wütend.
»Nein, weil du nämlich auch Hunger hast. Du bist bloß zu dick, da sieht man's nicht. Aber bei mir ...«
Wie zur Bestätigung krümmte er sich zusammen und hockte sich auf die Steinstufen.
»Wenn du nicht erst zehn wärst, würde ich dich verdreschen, aber Kindern tu ich nichts.«
Willi zog sein Koppel zusammen und ging großspurig auf und ab. Endlich kam Antek.
»Ich hol erst Ruth«, rief er den beiden zu. »Wollt ihr mit?«
Zick und Willi wollten nicht.
»Immer das Weib dabei«, sagte Willi ärgerlich, »wir haben schon lange genug gewartet.«
»Gib uns wenigstens den Schlüssel«, schlug Zick vor. Antek zögerte. »Wo ist Paule?«
»Wissen wir nicht, der wird schon nachkommen.«

»Also gut«, Antek warf Willi den Schlüssel zu und war gleich darauf in Richtung Kornhaus verschwunden.
Zick und Willi lachten. Wie auf Kommando schlüpften sie gleichzeitig durch die Treckwagen auf die entgegengesetzte Seite des Marktes. Hier führte die Straße zur Stadtmauer, bis zum alten Tor, hinter dem das neue Viertel, zerstört und bis auf die Grundmauern ausgebrannt, ein Bild trostloser Vernichtung bot. In metertiefen Kratern hatte sich Wasser gesammelt. Es stank nach Verwesung, und an den schlammigen Pfützen hockten Ratten. Hier zwischen Unrat und Fäulnis, zwischen Gestank und Tod lebten sie ungestört.
Willi und Zick kletterten durch die Trümmer.
»Hier ist die Schillerstraße«, sagte Willi und bog links ein.
Der Pfad wurde immer schmaler. Sie waren fast am anderen Ende des zerbombten Stadtteils angelangt. Die Stille war unheimlich.
»Möchtest du hier nachts langgehen?« fragte Zick.
Beinah wäre Willi ein »Nein« über die Lippen gekommen. Aber er beherrschte sich: »Wenn es ein Befehl wäre, natürlich.«
Zick sann Willis Worten nach. »Findest du das richtig, was wir machen?«
Willi blieb stehen. »Richtig«, stieß er verwundert hervor, »was heißt das schon.« Er zeigte mit beiden Armen von der Stadtmauer über Steine, Ruinen, Krater, bis zu den Feldern. »Schließlich sind alle Leute hier tot, nicht?«
Er sagte das so gleichgültig, so selbstverständlich, als gehöre es zum täglichen Brot, daß in der Woche ein paar hundert Menschen durch Bomben umkamen. Für ihn war das wohl selbstverständlich. Etwas anderes kannte er nicht.
»Und wenn du tot wärst?«
Willis dickes Gesicht lachte.
»Bin ich aber nicht, und wenn du weiter so idiotisch fragst, bekommst du Dresche.«
Nach einer Pause setzte er ernsthaft hinzu: »Vielleicht sterb ich – als Soldat oder als Hitlerjunge, wenn ich für den Führer kämpfe.«

Zick sah den Freund mit offenem Mund an. Willi wurde versöhnlicher.
»Aber erst wird gekämpft, verteidigt. Mit den Händen, wenn es sein muß. Ich renne nicht davon wie die Flüchtlinge oder der Manfred heute in der Probe. Ich sag dir, Zick, mit der Panzerfaust geh ich auf die Russenschweine los, so ...« Willi nahm ein Rohr, das vor ihm auf dem Boden lag, hockte sich in die Knie, visierte einen unsichtbaren Panzer an, machte sich sprungbereit, jagte das Rohr in die Luft und schrie: »Für Führer und Vaterland!«
Platschend bohrte sich das Rohr in einen Kratertümpel.
»Knallkopf, das war echt Kupfer!«
Willi und Zick drehten sich um. Paule stand hinter ihnen.
»Ich sammel mir das Kupfer zusammen, und du Pfeife schmeißt es in den Krater – als ›Panzerfaust‹. So was Blödes.«
Paule ruschte den Hang hinunter und zog das Rohr aus dem Morast. »Panzerfaust«, grunzte er abermals und schüttelte den Kopf, »bares Geld ist das, nicht für Führer und Vaterland, sondern für Paule!«
Willi war offensichtlich geniert. Er wollte das Thema so schnell wie möglich wechseln, zog den Schlüssel aus der Tasche und ließ ihn bedächtig hin und her baumeln.
»Mensch«, sagte Paule, »du hast den Schlüssel?«
In seinen Augen blitzte es verheißungsvoll.
»Ja, ich hab den Schlüssel«, äffte Willi nach.
Paule legte das Rohr zu den übrigen.
»Ich hab eine Idee«, sagte er. Alle drei kauerten sich auf den Boden.

Gleich am Anfang der Marktstraße stand eines der ältesten Häuser der Stadt. Die Sonne erreichte die winzigen Fenster nur in den frühen Morgenstunden. Seit Jahren saß der Schwamm in den Balken. Moos hatte sich unter die Dachschindeln gefressen, so daß die Feuchtigkeit bis zu den Stiegen kroch und im Flur einen ewigen Geruch nach Schimmel und nassem Holz verbreitete. Schon vor dem Krieg hatte die Baupolizei das Haus schließen wollen.

Als der frühere Rektor Kimmich, wegen politischer Unzuverlässigkeit für ein Jahr in Schutzhaft genommen, aus dem Lager entlassen wurde und wieder in seine Heimatstadt zurückgekehrt war, hatte man ihm kurzerhand das alte Haus mit zwei Kammern und Küche zugeteilt. Alle anderen Räume waren durch Bombenangriffe unbewohnbar geworden.
Kimmich war nichts anderes übrig geblieben, als damit vorlieb zu nehmen. Nagold hatte aus einer gewissen Anhänglichkeit dafür gesorgt, daß man ihm wenigstens durch Notenschreiben einen kleinen Verdienst zukommen ließ. So lebte Kimmich mit seiner vierzehnjährigen Enkeltochter Ruth zurückgezogen, von einem Teil der Bürger gemieden, von den anderen vergessen. Berufsausübung oder die Aufführung seiner Kompositionen waren ihm untersagt.
Antek schlich sich am Kornhaus entlang, bis in Ruths Hörweite. Dann hob er die Hände zum Mund und ahmte in kurzen Abständen den Ruf eines Käuzchens nach. Antek sah, wie die schiefe Tür mit dem Eisenknopf aufgeschoben wurde und gleich darauf Ruth erschien.
Er machte kehrt und trollte sich gemächlich in der gleichen Richtung wie Willi und Zick. Erst als er sich vor Lehrern und Kimmich in völliger Sicherheit glaubte, blieb er stehen.
»Hat dein Großvater etwas gemerkt?« fragte er. Wie immer, wenn sie vor ihm stand, wußte er im ersten Augenblick nicht, wie er sich benehmen sollte. Er wurde verlegen. Seine Frage kam ihm überflüssig vor. Ruth schüttelte den Kopf.
»Na, komm schon, die anderen warten.«
Eine Weile gingen sie schweigend nebeneinander. Wenn ihre Hände sich berührten oder er ihr beim Überklettern der Trümmerhaufen behilflich war, fühlte er ihren Blick.
Antek ging voran.
»Sieh mal, die Sonne«, sagte Ruth.
Antek gab keine Antwort. Mädchen sagten manchmal die selbstverständlichsten Dinge und glaubten, damit ein Weltwunder entdeckt zu haben.
»Hier unten«, hörte er sie sagen, »geht man wie in einem Schützengraben.«

»Was weißt du schon, wie man da geht!«
»Genauso wenig wie du, oder hast du vielleicht schon einen gesehen?«
»Nein, noch nicht«, sagte Antek, »aber ich werd es schon schaffen, darauf kannst du dich verlassen.«
Ruth spürte, daß ihre Worte ihn getroffen hatten. Es tat ihr leid.
»Antek«, sie zog ihn am Ärmel, bis er stehen blieb, »möchtest du immer noch so gern Soldat werden?« fragte sie leise.
»Möchten, sagst du? Es geht doch gar nicht mehr darum, ob ich möchte. Ich muß Soldat werden, und ich will es auch. Wenn wir den Krieg verlieren, ist alles aus. Dann gibt es kein Vaterland mehr und keinen Glauben, und nichts mehr hat Sinn.«
Antek hatte unbewußt Nagold nachgesprochen, nur daß in seinen Worten nicht Resignation lag, sondern tiefe Verzweiflung.
»Ich weiß nicht«, sagte Ruth. Jetzt ging sie voran, denn sie glaubte, Antek würde bei ihren Worten wieder böse werden. Da war es besser, wenn sie ihn gar nicht anzusehen brauchte.
»Großvater sagt immer, wenn der Krieg vorbei ist und ...«, ihre Schritte wurden schneller, »und wenn wir ihn verlieren, dann fängt das Leben für uns überhaupt erst an.«
Vorsichtig wandte sie den Kopf zurück. Noch nie hatte sie jemand anderem Großvaters Ansichten weitergegeben. Sie war alt genug, um zu wissen, welche Gefahr das für ihn bedeuten konnte. Ihr ängstlicher Blick blieb an den starren Augen Anteks hängen.
»Was hat dein Großvater gesagt?« fragte er heiser. Sie konnte im Augenblick nicht erkennen, ob ihm Zorn oder Verwunderung die Stimme verschlagen hatte.
Aber sie kam nicht mehr zu einer Antwort. Ganz dicht ertönte ein Käuzchenruf. Sekunden später rollte ihnen Zick, in eine Staubwolke gehüllt, vor die Füße.
»Wo bleibt ihr denn?« fragte er, während er so tat, als wäre es seine persönliche Note, sich auf diese Weise fortzubewegen.
»Hast du dir weh getan?« Ruth sah besorgt auf Zicks

zerschundenes Knie. Offensichtlich war er oben am Wall ausgerutscht.
Er schüttelte den Kopf. »Nein, wieso? Ich hab nur den Weg abgekürzt.«
Wenn Ruth dabei war, gefiel sich Zick in der Rolle des tapferen Mannes.
»Na, dann ist es ja gut«, lächelte Antek, »daß du uns so schnell gefunden hast.«

Als Paule Zick mit der Begründung, er solle die anderen suchen, fortgeschickt hatte, wurde Willi ungedulig.
»Was soll das«, fragte er, »Antek hat gesagt, daß er mit Ruth herkommt.«
Paule winkte ab. »Weiß ich. Aber ich will mit dir allein sein.« Er bohrte die Hände in die Hosentaschen und beobachtete Willi aus den Augenwinkeln.
»Du hast jetzt den Schlüssel.«
Willi nickte.
»Und willst du ihn nicht behalten?«
»Wieso ich?«
»Na, du bist fünfzehn Jahre und der Zweitälteste von uns!«
»Du bist auch fünfzehn.«
»Ich bin aber zwei Monate jünger als du. Wenn schon dann der Reihe nach.«
Willi fühlte sich geschmeichelt. Diese Bescheidenheit war er an Paule nicht gewöhnt.
»Was ist schon dabei, ob ich den Schlüssel habe oder nicht!«
Paule kniff die Augen noch mehr zusammen. »Dann hängt es zum Beispiel von dir ab, ob und wann wir hierher gehen.«
Willi begann langsam Geschmack zu bekommen. »Keine schlechte Idee!«
»Na, und sagen wir mal, so nach einer Woche bin ich dran, dann Ruth ...«
»Nein, die nicht!« fuhr Willi dazwischen. »Ich laß mir nicht von einer Göre die Mahlzeiten vorschreiben, deren Großvater wegen politischer Unzuverlässigkeit eingesperrt worden ist.«

Paule lachte. »Wart's ab, vielleicht wird die noch mal eine gute Beziehung.«
Willi begriff nicht, was Paule meinte.
»Wenn ich den Schlüssel hab, kommt die nicht mit!«
»Gib mir mal das Ding her.«
Lauernd sah Paule den Freund an. Jetzt mußte es sich herausstellen, ob der sorgfältig angelegte Plan gelang. Paule wußte genau, daß er ohne dieses Manöver nie den Schlüssel in die Hand bekommen würde.
Willi war viel zu sehr mit seiner Rolle als Boß beschäftigt, als daß er bei Paule eine Hinterhältigkeit verspürt hätte. Er hielt Paule den Schlüssel hin: »Auch nichts Besonderes, wenn man ihn so sieht. Aber was man damit aufschließen kann ...«, er schnalzte vielsagend mit der Zunge.
Paule griff hastig danach und steckte ihn in die Tasche.
»Was soll denn das?«
»Nichts, gar nichts«, sagte Paule freundlich und gab den Schlüssel zurück. Willi ahnte nicht, daß Paule mit geschickten Fingern in seiner Tasche den Bart auf ein Stück Wachs gedrückt und sich auf diese Weise einen Abdruck verschafft hatte.

In der früheren Schillerstraße stand nur noch eine Ruine. Aller Vernichtung zum Trotz waren hier nur ein paar Wände stehengeblieben. Wehmütig und lächerlich zugleich mutete ein Alpenbild an, das noch immer schief und mit geborstenem Rahmen an einer Zimmerwand des ersten Stockes hing. Die Tapete hatte sich gelöst und raschelte im Wind. In der Ecke baumelte ein verbeultes Ofenrohr.
Die Kinder sahen nicht hinauf. Antek fühlte sich von Paule und Willi überrumpelt. Paule hatte seine Drohung wahr gemacht und Willi gegen ihn aufgewiegelt. Alles wegen der lächerlichen Trillerpfeife des kleinen Jungen. Als ob es keine größeren Probleme zu bewältigen gab. Aber er hatte keine Lust, eine Prügelei anzufangen, zumal er beide gegen sich hatte. Zick war keine Hilfe. Man wußte bei ihm auch nie, wessen Partei er ergreifen würde.

»Von mir aus«, sagte Antek ärgerlich, »behält eben Willi den Schlüssel. Macht, was ihr wollt.«
Paule grinste.
»Wenn Ruth mitkommt, schließ ich nicht auf...«, sagte Willi.
Antek hatte begonnen, die Bretter zur Seite zu räumen. Bei Willis Worten richtete er sich auf, sprang Willi von hinten an und riß ihm den Unterarm über den Rücken hoch, bis der Gepeinigte in die Knie fiel.
»Genügt dir das?« fragte Antek und zerrte noch einmal am Handgelenk.
Willi konnte nur noch stöhnend nicken. Antek ließ los. Keiner der Jungen hatte Ruth angesehen, die abwartend dabeigestanden hatte und jetzt schweigend die Bretter wegräumte, als wäre nichts geschehen.
Hinter einem abgebrochenen Pfeiler wurde eine eiserne Kellertür sichtbar. Den Betonklotz so weit zur Seite zu schieben, daß man die Tür öffnen konnte, war jedesmal eine schwere Arbeit. Aber zur Tarnung war diese Mühe unumgänglich. Fest packten die Hände der Jungens zu. Zick gab das Kommando. Willis Gesicht wurde vor Anstrengung rot. Paule half mit einer Eisenstange, Antek sicherte den Pfeiler ab, damit er nicht zu weit wegrutschte.
»Achtung«, Paule warf die Stange weg.
Es war geschafft.
»Wer hat die Kerze?«
Ruth gab sie nur ungern her. »Unten ist es so dunkel«, jammerte sie.
»Eben«, meinte Willi und schob den Eisenriegel zurück.
Finsternis und der Geruch von feuchtem Mauerwerk schlug ihnen entgegen. Nacheinander stiegen sie die halb verschüttete Kellertreppe hinunter, die in einen langen Gang mündete. Etwas huschte an Ruth vorbei.
»Ratten«, sagte Paule.
Ruth hielt sich an Anteks Jacke fest, bis er ihr beruhigend die Hand hinstreckte. Die Kerze reichte für Willi gerade aus, um den Weg zu finden. Zick mußte als letzter durch die Dunkelheit tappen. Keiner sprach, die Schatten tanzten an

der Wand, irgendwo tropfte es. Alle fünf sehnten sich danach, ihr Ziel zu erreichen.
Da schrie Zick auf. Etwas hatte aus dem Hinterhalt nach ihm gefaßt und hielt ihn mit eiserner Kraft am Pullover fest. Die Kinder, von Zicks Geschrei verfolgt, rannten vorwärts. Erst am Ende des Ganges, wo ein grauer Schimmer Tageslicht durch ein Mauerloch drang, blieben sie stehen. Zick war verstummt. Antek nahm Willi das Licht ab und tauchte wieder in der unheilvollen Finsternis des Gewölbes unter. Die Kerze trug er hoch und den Arm hielt er so, als erwarte er einen Angriff.
»Es war bloß ein Nagel«, piepste es plötzlich, und gleich darauf stand Zick im Lichtschein. Er zeigte auf ein Loch in seinem Pullover. Als Beweis hielt er Antek einen verrosteten Dorn entgegen, an dem er allem Anschein nach hängen geblieben war.
»Idiot«, zischte Antek. Unsanft stieß er Zick vor sich her. Willi wischte sich den Schweiß von der Stirn.
»Das nächstemal bleibst du hängen, du Angstarsch!« sagte er.
»Oder du holst ihn zur Abwechslung zurück«, unterbrach ihn Antek.
Ruth lachte.
»Ach«, höhnte Paul, »nicht doch, dann vergeht ihm der Appetit.«
Appetit – sie vergaßen den Streit. Sie waren schließlich nicht hergekommen, um zu beweisen, wie mutig sie waren. Sie waren hergekommen, weil sie Hunger hatten und weil sie ungestört essen wollten. Willi machte sich an einer Brettertür zu schaffen, die einen Holzverschlag abschloß, und mit weitausladender Gebärde ließ er die Tür zurückfliegen.
Wurst, Marmelade, Kompott, Rosinen, Speck, Himbeersaft, Würfelzucker, saure Gurken!
Willi stand mit geschlossenen Augen vor einem Regal. In Gedanken ließ er all die Wohlgenüsse über seine Zunge gleiten, bis er nach einer herrlich duftenden Dauerwurst griff und hineinbiß. Zick huschte hin und her. Während er sich den Mund voll Rosinen stopfte, überfiel ihn die Lust auf Speck,

und während er den Speck zwischen den Zähnen spürte, glaubte er, sofort Sauerkraut essen zu müssen. Er aß und aß, bis ihm schlecht wurde und er durch ein Mauerloch im Gang kotzte. Paule dagegen bewies Systematik, überblickte die Vorräte, stellte sich ein Menü zusammen und trug sich das Erwünschte sorgfältig auf seinen Platz. Diesmal gab es bei ihm Leberwurst auf Speckscheiben, Pfirsiche mit Zwieback und zum Abschluß Mandeln und Rosinen. Dazu eine Flasche schwarzen Johannisbeersaft.
Antek hatte ein Glas Kirschen geöffnet. Er hielt es Ruth hin: »Die magst du doch am liebsten, nicht?«
Er sorgte zunächst dafür, daß Ruth das bekam, was sie gerne mochte. Erst dann begann er selbst zu essen.
Da saßen sie nun alle fünf auf Kisten, Regalen und Körben. Sie aßen und tranken, sie lachten und waren stolz zu besitzen, was die Erwachsenen entbehren mußten. Antek dachte nicht mehr an die hungernde Frau, der er noch vor einer Stunde eine Kohlsuppe zugeschoben hatte. Paule hatte längst die Trillerpfeife vergessen, und Willi war es jetzt gleichgültig, ob sich auch Ruth satt aß.
Schon oft hatte Ruth versucht, eine Kleinigkeit für den Großvater mitzunehmen. Aber die Freunde waren böse geworden. Obwohl alle außer Willi nichts gegen den alten Kimmich hatten, wollten sie es nicht erlauben. Jeder Mitwisser bedeutete Gefahr, den seltenen Fundort zu verlieren, bedeutete zu hungern.
Paule war es, der plötzlich in das Kauen und Schmatzen hinein ein Geräusch hörte.
»Seid mal ruhig!«
Jetzt hörten sie es alle, ein Schlurren, ein Tapsen, dazwischen Stille.
»Ach, das ist wieder so etwas mit dem Nagel«, versuchte Willi sich Mut zu machen, aber seine Augen blinzelten, und die Lippen wurden ihm trocken. Zick preßte den Speck zwischen den Fingern, bis ihm das Fett in den Ärmel lief. Paule stand sprungbereit, eine volle Konserve in der Hand.
»Los, verstecken!« flüsterte Antek.

Er schob Ruth hinter ein paar Säcke. Zick sprang hinterher. Willi quetschte sich in eine Kartoffelkiste, und Paule nahm in einer aufrecht stehenden Zinkbadewanne neben der Tür Zuflucht. In Sekunden war Grabesstille. Verlassen standen die Büchsen und Gläser auf dem Fußboden, während fünf Augenpaare durch Ritzen, zwischen Körben hindurch, an Würsten und Einmachgläsern vorbei auf die Tür starrten.
Langsam öffnete sich die Brettertür. Aus der Dunkelheit des Ganges trat ein Junge. Er konnte kaum älter als Paule sein. In seiner erbarmungswürdigen Magerheit machte er auf die Kinder einen unheimlichen Eindruck. Voller Entsetzen beobachteten sie, wie er sich auf den Boden kniete und Gläser und Töpfe an sich riß. Er nahm nicht einmal den Löffel, der vor ihm lag. Er griff mit den Händen in die Leberwurst und schmierte sie sich in den Mund, dann das Pflaumenmus und so weiter, wie es gerade kam.
Wie immer hatte Zick zuviel gegessen. Als er jetzt noch zusehen mußte, wie dieser Eindringling die Leberwurst händeweise in den Mund steckte, wurde ihm vollends schlecht. Er rülpste laut.
Betroffen fuhr der Fremde hoch. Er zögerte nur einen Augenblick, dann griff er nach der von Willi angebissenen Wurst und huschte zur Tür. Dort stand, wie aus dem Erdboden gewachsen, Paule. Er warf sich auf den schmächtigen Jungen, der fast besinnungslos vor Schreck gegen die Zinkbadewanne taumelte. Mit Blechgedröhn begrub sie beide Jungen.
Willi fegte aus seiner Kartoffelkiste und schrie: »Ein Dieb, ein Dieb«, völlig vergessend, daß sie selbst nichts anderes waren.
Er stemmte die Wanne hoch und zog den Fremden an den Beinen vor. Paule, durch Willis Hilfe gestärkt, wälzte den Feind auf den Rücken und kniete sich auf dessen Oberarme.
»Durchsuchen!« keuchte er.
Willi wühlte in den ärmlichen Lumpen.
»Warum der uns auch in der Quere kommen muß«, brummte Antek. Ihm war nicht geheuer bei der Sache, er mochte aber

auch die Freunde nicht abhalten. Schlimm genug, daß sie überrascht worden waren.

Willi hatte etwas gefunden. Es war nicht viel, nur ein Fetzen Stoff; und verärgert, daß so gar keine Beute zu machen war, warf er ihn fort. Da bäumte sich der Fremde auf. Er stieß mit den Beinen, er versuchte Paule sogar zu beißen, und wilde Wut stand in seinen schwarzen Augen.
»Du Bauchwanze, dir werd ich das Radfahren beibringen«, Paule stemmte sich noch fester auf die Arme.
»Sie mal nach, was mit dem Flicken los ist«, mischte sich Antek ein.
Zick hob den Stoff mit zwei Fingern hoch. Alle starrten auf den Lumpen, auf den ein Judenstern genäht war. Willi und Paule ließen von dem Fremden ab. Richtig hatten sie alle noch keinen Davidstern gesehen, denn Juden gab es nicht, auf die schimpfte man nur. Und während sie staunend den Fetzen von Hand zu Hand gehen ließen, glaubte der Junge endlich davonzukommen. Ohne hinzusehen, griff Paule hinter sich.
»Könnte dir so passen«, er warf den Fliehenden gegen die Wand, wo dieser entmutigt und erschöpft stehenblieb. Jetzt war ihm alles egal, sollten sie mit ihm machen, was sie wollten. Er konnte sich nicht mehr wehren, konnte nicht mehr denken, konnte nicht mehr essen.
Willi kam breitbeinig auf ihn zu: »Wo hast du den Judenstern her?«
Der Junge hörte nicht hin. Er sah in das rote Gesicht von Willi und dachte: Wenn du tot bist, bist du auch nicht mehr so dick, und über deine Augen laufen Fliegen, genau wie ...
Antek schob Willi zur Seite.
»Hör doch auf, merkst du nicht, daß der völlig fertig ist?«
»Wie kommst du zu dem Judenstern?«
Antek bekam keine Antwort. Sie war auch gar nicht nötig, denn er wußte genau, daß kein Mensch in Deutschland solch einen Stern freiwillig bei sich trug. Vor ihm stand ein Jude. Die ungeschnittenen Locken hingen seitlich über das Gesicht. Die hochgeschwungenen Brauen waren wie mit einem

Kohlestift gezeichnet, und die berühmte Judennase war zwar wenig gebogen, aber ganz schmal.
»Bist du ein Jude?« fragte Antek.
»Ja.«
Die anderen wichen zurück.
Das Wort »Jude« zog eine Mauer der Verachtung um den Fremden. Er schloß die Augen.
»Mensch, ein Jude«, sagte Zick als erster, noch ganz beklommen von dieser Ungeheuerlichkeit. Dann packte ihn die Neugier. Vorsichtig faßte er den Jungen an.
Antek stieß Zick zurück. Das lähmende Schweigen der Freunde jagte seine Gedanken. Was soll ich mit ihm machen, hämmerte es in seinem Kopf. Was denken jetzt Paule und Willi? Warum sagen sie nichts? Voller Wut fühlte er die Verantwortung, die ihm die Freunde zuteilten.
»Warum sagst du denn nichts?« fuhr er Willi an. »Vorhin wolltest du doch den Boß spielen und hast den Schlüssel behalten!«
Willi zog die Mundwinkel herab.
Paule stand in der Ecke. Das war eine Sache, in die man sich besser nicht zu früh einmischte. Zick staunte mit offenem Mund.
»Ach, was geht mich das an«, knurrte Antek in seiner Hilflosigkeit und warf einen Apfel gegen die Wand.
Der Jude zuckte zusammen.
Auch Ruth hatte sich erschrocken. Im ersten Augenblick hatte es ausgesehen, als wollte Antek den Apfel nach dem Fremden werfen. Ruth sprang auf. Antek ging zu Paule und Willi, stieß ein paar Büchsen zur Seite und sagte: »Eine schöne Schweinerei!«
Paule und Willi nickten.
Keiner gönnte dem Fremden einen Blick.
»Frag ihn doch, wie er heißt«, hörte Antek Ruths Stimme, »und wohin er will.«
Warum schrie sie eigentlich so? Aber Ruth hatte nicht geschrien. Sie war nur immer näher auf ihn zugegangen. Er drehte sich um. Er sah in ihre grünen Augen und las den Hohn

über seine Feigheit. Vielleicht hätte er sich anders benommen, wenn Paule und Willi nicht dabeigewesen wären. Aber wie sollte er ihr das jetzt erklären?
»Laß dir ja von der nichts vormachen«, mischte sich Willi ein. Es klang schneidend, als sollte eine Drohung folgen. Aber Willi sprach sie nicht aus. Antek hatte verstanden. Ruth wandte sich ab. Jede ihrer Bewegungen drückte tiefste Verachtung aus.
»Sag uns, wie heißt du?« fragte sie den Jungen.
Antek sprang aus seiner Ecke und riß das Mädchen grob zurück. Er fühlte, daß er ihr wehtat. »Du hast nicht mit ihm zu reden. Das geht dich nichts an. Das ist unsere Sache.«
Ohne Antek eine Antwort zu geben, rieb sie sich den schmerzenden Arm. Er ist eifersüchtig, dachte sie. Willis Bedrohung hatte sie wenig beeindruckt, umso mehr kränkte sie die Feigheit des Freundes.
»Wenn du nur an dich denkst!« warf sie ihm verächtlich hin und wandte sich wieder dem Juden zu.
»Sag mir, wie du heißt oder wie ich dich nennen soll!« hörte Antek sie zutraulich fragen.
Der Fremde starrte in ihr Gesicht.
»Abiram«, sagte er.
»Das ist vielleicht ein verrückter Name«, fuhr Paule im Hintergrund auf. Der Fremde hatte einen Augenblick lang vergessen, daß er mit dem Mädchen nicht allein war. Er sah die Köpfe der Jungen hinter ihrem Rücken auftauchen und spürte Feindseligkeit.
Ruth wich nicht von seiner Seite.
»Wieso bist du hierher gekommen?« fragte Willi.
Abiram wandte den Blick nicht von Ruth. Er wollte nur ihr antworten.
»Ich suche jemanden«, gab er zögernd zu.
Paule wurde wach. »Hier in diesem Keller?«
»Das weiß ich nicht genau, aber in der Straße.«
»Hier sind alle tot«, sagte Antek trocken, »da brauchst du nicht mehr zu suchen.«
Abiram fühlte sich müde. Warum fragten sie ihn überhaupt?

Sie würden ihn doch anzeigen und in ein Lager bringen. Nur das Mädchen war anders.
»Na, also«, schnitt ihm Paule die Gedanken ab, »warum spionierst du dann hier in unserem Keller rum?«
»Ich habe nicht spioniert, ich wollte mich verstecken. Ich bin Jude.«
Wieder dieses Wort, wieder war die Antwort Schweigen. Darauf gab es nichts zu sagen. Die Neugier wurde zu Mißtrauen und Abwehr.
Willi meinte, genug Geduld mit dem Fremden bewiesen zu haben. Er winkte den Freunden, an die Tür zu kommen. Jetzt mußten Entschlüsse gefaßt werden.
Ruth stand zwischen dem Juden und den Freunden, weder der eine noch die anderen sprachen mit ihr. Abiram blieb stumpfsinnig an die Wand gelehnt. Antek würdigte Ruth keines Blickes. Die Kameraden hatten sie ausgeschlossen. Selbst Zick beachtete sie nicht. Sie schob Abiram mit dem Fuß ein Glas Kompott hin.
»Iß das nur«, sagte sie. Ihr Blick hing an Antek. Abiram rührte das Glas nicht an.
»Jetzt tut's dir wohl leid«, fragte er flüsternd und wies mit dem Kopf zu den Jungen.
»Blödsinn«, antwortete sie.
»Du kannst mir doch nicht mehr helfen!«
»Wart's ab!«
Willi blickte zu den beiden herüber. »Was habt ihr zu flüstern? Einen Juden muß man anzeigen, das wißt ihr doch«, sagte er laut.
Die Vorstellung, einen halb verhungerten Jungen anzuzeigen, fand Antek lächerlich. »Du fällst mir auf den Wecker, Willi«, sagte er wegwerfend. »Ich weiß zwar auch nicht, zu was ein Jude gut ist«, meinte er leise, so daß Abiram es nicht hören konnte, »aber der ist schließlich so alt wie wir.«
»Na und?« fuhr Willi auf, »ist das meine Schuld?«
Zick, der nur zuhörte, fuhr es durch den Kopf, wie es wäre, wenn er jetzt dort an der Mauer kauerte, wenn man ihn anzeigen wollte. Ganz heiß wurde ihm bei dem Gedanken,

und er war dem lieben Gott plötzlich sehr dankbar, daß sein Vater nicht Jude, sondern Soldat war.
»Ach was«, redete Willi weiter, »ich sage euch, ein Jude muß weg, ich zeig ihn an.«
»Natürlich«, sagte Ruth, »du zeigst ihn an. Ein anderer von uns kommt wohl auch kaum in Frage!«
Willi wußte im Augenblick nicht, ob das Hohn oder Anerkennung war.
»Dich hab ich nicht gefragt«, sagte er.
»Das ist alles Mist«, meinte Paule und senkte die Stimme, »wenn wir den anzeigen, dann wird er nichts Besseres wissen, als uns zu verraten. Dann kommt das hier mit unserer Speisekammer alles heraus.« Er machte eine umfassende Bewegung. Die fünf sahen sich an. Paule hatte recht, das war eine böse Gefahr. Ruth lächelte Antek zu, aber der sah darüber hinweg. Sollte sie sich doch wieder zu ihrem Juden setzen und ihn trösten, dachte er.
Der Schlag der Kirchturmuhr hallte dumpf von draußen herein. Zicks Augen weiteten sich, wurden rund: »Die Chorstunde ...«
Bereits vor einer halben Stunde mußte die Probe begonnen haben.
»Der Jude bleibt hier!« entschied Paule.
»In der Speisekammer?« fragte Zick.
»Was anderes können wir nicht abschließen.«
Ruth zögerte. »Dann bleibe ich auch hier!«
Aber Antek hatte sie schon am Arm und zerrte sie vor.
»Das könnte dir so passen!« Er stieß sie in den Gang.
Die Jungen folgten.
»Und friß nicht zuviel, ich hab alles gezählt«, warnte Paule.
Abiram hörte nicht hin. Er versuchte sich durchzudrängen. Aber Willi hatte damit gerechnet. Er schlug zu. Abiram taumelte zurück. Die Tür fiel ins Schloß, der Schlüssel drehte sich, der Jude war gefangen.
»Ich hab den Schlüssel«, grinste Willi und behielt ihn sorgfältig in der Hand, »und ich geb ihn auch nicht her, bis du da bist, wo du hingehörst!«

Abiram brachte keinen Ton raus. Er umklammerte die Latten. Ruth konnte er nicht mehr sehen. Paule und Zick verschwanden im Dunkel. Nur Willi weidete sich einen stolzen Augenblick an seinem Gefangenen.
»Los, Willi!« schrie Antek.
»Vorwärts, Mensch!«
Antek sah Abiram an. »Wir kommen heute abend. Dir passiert nichts.« Er spürt Abirams Furcht. »Der gibt nur an!« und damit tauchte auch Antek in der Finsternis unter.
Abiram war allein. Er rüttelte an den Latten. Er schlug gegen die Klinke. Alle Müdigkeit und Schwäche war verflogen. Er war besessen von dem Gedanken, daß nie wieder ein Mensch hier herunter in den Keller kommen würde.
»Aufmachen, aufmachen«, rief er. Seine Stimme überschlug sich. Da sah er durch das verbogene Gitterfenster Paules wütendes Gesicht.
»Schrei nicht so laut, sonst hast du die Polizei schneller auf dem Hals, als dir lieb ist.«
Abiram war sofort still. Aber in Wirklichkeit brauchte er das nicht zu befürchten. Hier kam niemand vorbei.
»Tut er dir denn nicht leid?« fragte Ruth und hielt Antek zurück.
»Doch, aber das hilft jetzt keinem. Es passiert ihm ja vorläufig nichts.«
»Warum hast du zugelassen, daß er eingesperrt wurde?«
Antek war ungeduldig: »Weil wir jetzt Probe haben. Wir müssen doch erst überlegen, was wir mit ihm machen.«
»Ist die Probe wichtiger? Möchtest du da unten sitzen?«
»Kann ich dafür«, schrie Antek ehrlich wütend, »daß er ein Jude ist und Willi ein überkandidelter Hitlerjunge?«
Ruth wandte sich wortlos ab und nahm einen anderen Weg heimwärts. Antek mußte sich beeilen, um die Freunde einzuholen, die über die Steinbrocken stolperten. Sie sprangen über Gräben und Bombenlöcher, aber die Zeit war nicht mehr einzuholen.
»Was sagen wir dem Nagold?« keuchte Paule.
»Gar nichts!«

»Warum nicht gleich die Wahrheit?« schlug Willi vor.
»Wenn du dir das Deutsche Kreuz in Gold mit Messern und Klickern, von Adolf persönlich überreicht, verdienen willst, dann aber nicht auf Paules Kosten. Wegen deinen Vaterlandsgefühlen freß ich keine Wassersuppe. Du ...«, und Paule hielt Willi drohend sein Kupferrohr vors Gesicht.
»Ich hab Seitenstiche«, japste Zick.
»Ach was«, Antek zog ihn weiter, »Angst hast du. Entweder machst du mit oder nicht. Gekniffen wird nicht.«
Sie wischten sich den Schweiß vom Gesicht und klopften den hellen Trümmerstaub von den Schuhen.
»Was sagen wir bloß dem Nagold?« jammerte Zick wieder los.
Keiner gab ihm Antwort. So trottete er hinter den Kameraden her und über die Straße, zwischen Wagen und Flüchtlingen hindurch, und meinte, jeder Mensch müsse es ihnen ansehen, daß sie im Keller einen Juden versteckt hätten.

Nagold hatte voller Ungeduld gewartet. Noch nie war es vorgekommen, daß Schüler die Freizeit um eine halbe Stunde überschritten. Keines der anderen Kinder konnte ihm einen Anhalt geben. Nur einer hatte Antek gleich nach dem Mittag über den Marktplatz laufen sehen. Das war alles. Ohne die vier Jungen war eine Probe zwecklos, da er auf jede Stimme angewiesen war. Paule hatte überdies noch das Solo zu singen. Nagold schritt im Singsaal auf und ab. Was mochte das bedeuten? War es eine Ungehorsamkeit Anteks, der nach der Unterredung mit ihm voller Trotz steckte? War den Kindern etwas zugestoßen? Nagold unterbrach seinen Schritt. Wenn jetzt Jähde kommt und eine Erklärung fordert, wo die Jungen sind? Nagold erteilte einem der Kinder die Klassenaufsicht und verließ den Saal.
Die Fenster des Flurs gingen nach der Marktseite. Nagold beugte sich hinaus und sah Zick als letzten um die Straßenekke biegen. Erleichtert atmete Nagold auf. Jetzt erst merkte er den stechenden Schmerz in seinem Beinstumpf. Das pausenlose Aufundabgehen hatte ihn angestrengt. Nagold sah über

die Galerie die vier Jungen hereinschleichen. Sie liefen auf Zehenspitzen und flüsterten sich etwas zu. Nagold stützte sich auf das Geländer, um sein Bein zu entlasten. War es nicht ein Wahnsinn, hier zu stehen, um vier Kinder zu strafen, weil sie zu spät in den Unterricht kamen, während ein paar Kilometer weiter ihre Väter starben? Zick erreicht als erster die Treppe. Nagold war durch einen Pfeiler verdeckt, so daß die Kinder glaubten, allein im Treppenhaus zu sein.
»Wenn uns bloß nicht der Jähde erwischt«, wisperte Zick.
Nagold mußte lächeln. Seine Angst vor Jähde war kaum geringer als die der Kinder.
»Wo wart ihr?« Es klang nicht einmal streng.
Die Jungen fuhren zusammen. Zick rutschte bis an den letzten Platz in der Reihe der Freunde zurück. Keiner gab Nagold eine Antwort. Schweigend standen sie auf den untersten Stufen, machten nicht die geringsten Anstalten, heraufzukommen. Verlegen schauten sie Nagold an, der darauf wartete, daß einer von ihnen eine Erklärung vorbrachte. Seine Prothese stand ungelenk neben dem gesunden Bein, wie stets, wenn er starke Schmerzen hatte.
»Ihr habt euch um eine halbe Stunde verspätet«, sagte er mit quälender Ruhe.
»Ja«, kam es von Antek. Die anderen Jungens waren froh, daß überhaupt einer etwas sagte. Sie nickten und zogen die Köpfe ein, als wären sie geprügelte Hunde. Nagolds Ruhe vergrößerte ihre Ratlosigkeit noch mehr. Sie wußten zwar, daß es nicht seine Art war, durch Zorn oder Drohungen Klarheit zu schaffen, aber in diesem Falle wäre ihnen eine handfeste Abreibung lieber gewesen.
Aber Nagold verlangte eine Erklärung, ja, er schien ihnen kameradschaftliches Verständnis entgegenbringen zu wollen. Dazu kam, daß es ihm körperlich nicht gut ging. Das hatten alle vier Jungen sofort gesehen.
»Also, Paule«, forderte seine Stimme.
Paule sah zur Seite und schwieg.
»Zick?«
Das Gesicht des Kleinen lief dunkel an. Die Hände wurden

ihm feucht, und er wischte sie mehrmals am Hosenboden ab. Über seine Lippen kam kein Wort. Wenn die Jungen gewußt hätten, wie müde Nagold war und wie dankbar er vielleicht jede Lüge als Wahrheit hingenommen hätte, wäre ihnen wohl eher eine Ausrede eingefallen. So aber verdeckte das schlechte Gewissen über das Geheimnis der verbotenen Speisekammer jede Überlegungen.
Nagolds Blick richtete sich auf Willi. »Nun?« fragte er.
Es sah aus, als wenn Willi das Schweigen unterbrechen wollte. Er schielte von Paule zu Antek. Es reizte ihn, seinem Pflichtgefühl als Hitlerjunge nachzukommen, es reizte ihn aber auch, mutig zu sein und zu reden, während die anderen schwiegen. »Herr Nagold ...«, begann er und glaubte, das Herz in seiner Stimme klopfen zu hören.
»Schnauze!« zischte Paule hinter ihm.
Willi verstummte. Vielleicht war es besser, Nagold nicht als ersten davon zu unterrichten?
Nagold merkte, daß er so nicht vorwärts kam. »Kommt erst einmal rauf. Eure Verstocktheit hat doch keinen Sinn«, sagte er, immer noch geduldig. »Also, wo wart ihr?«
Antek fühlte plötzlich in der Geduld des Lehrers Müdigkeit und Resignation. »Wir bitten für unser Zuspätkommen um Entschuldigung«, sagte er mit sicherer Stimme, »aber die Gründe können wir Ihnen nicht mitteilen.«
Er wartete keinen Widerspruch ab, sondern ging mit ruhigen, festen Schritten zum Singsaal.
»Antek ...«, Nagolds Gesicht drückte eher Verwirrung als Ärger aus.
Antek blieb stehen.
»Bitte?« sagte er höflich.
Die Freunde sahen ihn bewundernd an. Jetzt, wo Antek den Anfang gemacht hatte, war es gar nicht mehr schwer, nein zu sagen. Antek hatte sogar den Mut, Nagold in die Augen zu sehen.
»Ist das alles?« fragte der Lehrer.
»Jawohl.« Das hatte Paule geantwortet. Auch aus seiner Unsicherheit wurde Trotz.

Nagolds Gesicht wirkte noch schmaler. Die Falten rechts und links der Mundwinkel zogen sich tief in die Haut. Er humpelte ein paar Schritte auf die Jungen zu und brüllte plötzlich, ohne die Kinder dabei anzusehen. Das war vielleicht das Unheimlichste, er schrie und blickte über sie hinweg, irgendwohin.
Die Jungen wichen zurück. Sie verstanden kaum die Worte, die ihnen Nagold entgegenschleuderte. Zick begann als erster zu laufen, bis er im Singsaal verschwunden war. Willi und Paule folgten, so schnell es ihr Stolz erlaubte. Nur Antek zog als letzter ruhig die Tür hinter sich ins Schloß.
Schwer atmend stand Nagold allein im Flur. Der Schmerz raste in seinem Beinstumpf. War er toll geworden? Noch hing das Echo seiner Wut zwischen den Wänden. Schleppend ging er den Flur entlang zu seiner Wohnung. Ein alter, müder Mann, der glaubte, in dem Widerstand seiner Schüler einen weiteren Beweis seines Versagens zu finden. So war das Maß der Lächerlichkeit voll; zum Krüppel geschossen, wehrlos der Macht eines Jähde ausgesetzt, von den Kindern mißachtet und verhöhnt.

Verwirrt standen die Kinder im Saal herum.
»Warum hat er so gebrüllt?« wollten die Jungen von Antek und seinen Freunden wissen.
»Er ist krank«, war Anteks unergiebige Antwort, »wahrscheinlich hat er Schmerzen.«
»Wo wart ihr denn?«
»Wir haben nachgeguckt, ob die Russen schon da sind«, gab Paule ärgerlich Auskunft.
Der Aufsichtschüler verteilte die Noten. Mit den vieren war heute nichts anzufangen. Sie sprachen nicht einmal miteinander, sondern brüteten jeder dumpf vor sich hin.
Willi hatte die Auseinandersetzung mit Nagold am wenigsten berührt. Er war noch immer von seiner bevorstehenden Mission erfüllt, den volks- und rasseschädigenden Juden zu melden. Willi hatte keineswegs einen schlechteren Charakter als seine Kameraden, auch wenn ihm Mitleid für den Jungen im Keller fehlte. Willi hatte eine einwandfreie nationalso-

zialistische Erziehung erhalten. Als er geboren wurde, bekleidete der Vater einen hohen politischen Posten, und die Mutter zog ihm mit acht Jahren die Uniform an. Die ersten Worte, die er lernte, waren zum Ergötzen der Eltern und Verwandten: »Heil Hitler!«. Die Eltern hatten den Sohn nur schweren Herzens in das Alumnat gegeben, da es für seine unpolitische Erziehung bekannt war. Aber Jähde hatte in der Partei einen Namen. Man vertraute auf seinen gesunden Einfluß. Immerhin war der Chor des Alumnates weit bekannt, und der Sohn war in der Gesangsprüfung als über den Durchschnitt begabt aufgefallen.
Willi beugte sich weit über die Bank. Seine Unterlippe hing ihm herab.
Mit der andern Hand malte er kleine Gitter auf das Pult.
Paule rechnete, saß mit hochgezogenen Beinen auf dem Fensterbrett und malte ebenfalls. Nur keine Gitter, sondern Zahlen. Man müßte dem Juden ein Geschäft anbieten. Eventuell ein paar Würste. Dann würde er vielleicht genauso schnell und spurlos verschwinden, wie er gekommen war. Juden sollten angeblich geschäftstüchtig sein. Wenn bloß Willi mit seinem Meldefimmel nicht verrückt spielen würde. Mal sehen, ob man nachher vernünftiger mit ihm reden könnte. Wenn Willi jetzt nicht den Schlüssel hätte, wäre die Sache einfacher.
Paule hatte den Ärger über Antek vergessen. Er sah zu dem Freund hinüber.
»Antek?«
»Was ist?«
»Wenn du Paule beim Mittag nicht das Geschäft vermasselt hättest, dann hättest du jetzt den Schlüssel, und Willi könnte nicht machen, was er will.«
Antek zuckte die Schultern. »Du denkst bloß ans Fressen!«
»Natürlich«, sagte Paule, »davon soll man bekanntlich leben.«
Antek drehte Paule den Rücken, er hatte keine Lust, mit dem Freund über Würste zu reden. Er fühlte noch Ruths vorwurfsvollen Blick. Sie hatte erwartet, daß er sich gegen die

Freunde für den Fremden einsetzt. Er hatte es vorgezogen, abzuwarten.
Eigentlich habe ich mich benommen, wie Nagold es sein Leben lang getan hat, schoß es ihm durch den Kopf. Mit ansehen, warten, nichts dafür, nichts dagegen tun. Ruth war mutiger gewesen. Ob sie jetzt bei dem Juden war? Wenn sie an das Kellerfenster kroch, konnte sie zu ihm hineinsehen. Diese Vorstellung ließ seine Eifersucht hellwach werden. Wer war schon dieser dreckige Jude? Er nahm sich vor, in der nächsten freien Minute zu Ruth zu laufen, mit ihr zu reden.

Die Stille des Kellers war voller Geräusche. Abiram stand bewegungslos und lauschte. Durch den Kamin im Mauerwerk zog dumpfes Kratzen. Es kam vom Ofenrohr an der Wand im ersten Stock. Ein Wasserhahn tropfte in gleichmäßigem Abstand. Jetzt wurden die Abstände kürzer, die Tropfen größer. Abiram jagte hoch. Vielleicht war in dem Keller ein Rohrbruch, und in Stunden würde alles überflutet und er ertrunken sein? Er ging dem Tropfen nach. Hinter den Regalen war die Dunkelheit undurchdringlich. Oben an der Wand sah er einen großen, schwarzen Fleck. Das mußte Wasser sein, dort kam das Tropfen her. Abiram schwang sich über einen Mauervorsprung auf ein Brett. So konnte er die Kellerdecke berühren und den Fleck. Aber es war kein Wasser. Hier war nur der Putz heruntergefallen. Das Tropfen mußte woanders herkommen. Abiram kroch wieder herunter. Er legte sich auf die Kartoffelkiste. Über ihm an der Wand hingen Würste und Speckseiten. Bei ihrem Anblick stieg in ihm Übelkeit hoch. Der Geruch der Räucherwaren wurde zum Gestank. Die Reihen mit Kompott und Marmeladen standen dicht. Abiram kniff die Augen zusammen. Aus den Kompottgläsern wurden Menschen, aus den schmalen Himbeerflaschen Aufseher, aus dem Regal eine Turnhalle. So hatten sie dagestanden, Männer, Greise, Frauen, Kinder. Tag und Nacht, Tote wie Lebendige. Er sah die Aufseher ihre Knüppel schwingen. Aus dem Tropfen im Keller wurden

Schüsse in der Turnhalle. Aus dem Kratzen das Schlagen der Stöcke. Aus dem Fiepen der Mäuse Geschrei der Kinder. Dort der alte Mann, auf dessen Bauch ein Kind hing und schrie. Eine Frau trat ihm ins Gesicht. Wieder sausten Schläge, es wurde gezählt, es stank nach Unrat, Blut und kranken Menschen. Wenn doch der tote alte Mann wenigstens die Augen geschlossen hätte. Er starrte. Abiram sah die Mutter. Sie war mutig, sie war jung. Sie hatte hinten in der Ecke eine Nebentür entdeckt, die nicht immer bewacht wurde. Sie hoffte, dort den Weg zur Flucht vor dem Tod zu finden. Abiram hielt die Hände vors Gesicht. Er wußte, was jetzt kam. Die Mutter würde mit ihm durch die Tür wollen. Aber dahinter standen Aufseher mit Peitschen und Revolvern. »Ich hab doch gesehen, daß du erschossen worden bist, Mutter«, murmelte Abiram, »mach es doch nicht wieder. Es gibt keinen Ausweg.« Aber die Mutter ließ sich nicht belehren. Sie schüttelte den Kopf, sie lachte sogar und winkte. Sie öffnete die Tür, und im selben Moment schrie sie auf: »Abiram! Abiram!« Es war, als wenn ein Schuß ihren Ruf getroffen hätte, die Stimme wurde leiser. Er konnte sie nicht mehr sehen. »Ich wußte es ja«, schluchzte er, »warum machst du es immer wieder?«
Das Flüstern hörte nicht auf. Abiram fuhr hoch. Da war es: »Abiram, Abiram!« ganz leise, irgendwo. Voller Entsetzen preßte er die Hände an die Schläfen. Verfolgte ihn die Mutter schon im wachen Zustand?
»Abiram …«, flüsterte es wieder.
»Nicht, Mutter, nicht …!« Er wankte besinnungslos vor Grauen zur Lattentür. Er sah Ruths Gesicht an die Stäbe gepreßt. Ihr Zopf war durch das Gitter gerutscht.
»Abiram«, Ungeduld lag in ihrer Stimme, »warum antwortest du nicht? Du siehst doch, daß ich wiedergekommen bin.«
Es war nicht die tote Mutter, die gerufen hatte. Das Mädchen war zurückgekommen.
»Schieb dir die Kiste an die Tür, dann kommst du leichter auf das Regal«, schlug sie vor, »oben fehlt eine Latte, da kannst du wenigstens den Kopf durchstecken.«

Abiram schob die Kiste an die Tür und kam jetzt ganz leicht auf das Regal. Mit dem Fuß warf er eine Himbeerflasche um.
»Was war das?« fragte sie ängstlich.
»Der Aufseher«, sagte Abiram und trat in die Scherben.
»Was?« Ruth beugte sich noch weiter durch die Stäbe.
»Himbeersaft«, sagte Abiram lauter.
Sie lächelte. »Davon ist genug da.«
»Ja.«
»Warum hast du mir nicht geantwortet?« fragte sie wieder.
»Ich hab geschlafen.«
»Aber du hast gesprochen!«
»Das tu ich oft, wenn ich schlafe, weil ich immer dasselbe träume.«
»Was denn?«
»Wie meine Mutter erschossen wurde.«
Ruth umfaßte die Stäbe fester. »Das träumst du jede Nacht?«
»Ja, ich bin schon daran gewöhnt. Aber als du gerufen hast, dachte ich, ich höre Mutters Stimme schon im Wachsein. Da bekam ich Angst.«
Ruth konnte nicht antworten. Es war schrecklich, wie er das sagte.
»Meine Mutter ist auch tot«, sagte sie schließlich. »Verschüttet.«
Abiram nickte, als wäre ihre Mitteilung selbstverständlich.
»Kannst du mich hier 'rauslassen?« fragte er.
Ruth schüttelte den Kopf. Sie griff nach ihrem Zopf und wollte ihn aus dem Gitter ziehen.
»Nimm deine Haare nicht weg«, sagte er, »es sieht so hübsch aus.«
Also ließ sie es, obwohl sie den Kopf kaum noch halten konnte und die spitzen Steine der Trümmer in ihre Knie drückten. Er hatte es da unten im Keller viel schlimmer. »Ich könnte dir vielleicht etwas bringen«, sagte sie, »eine Decke zum Beispiel oder eine Jacke.«
»Meinst du, deine Freunde werden mich anzeigen?«
»Nein«, sagte Ruth, obwohl sie keineswegs davon überzeugt war, »das glaube ich nicht, solange Antek dabei ist.«

»Ist das der mit dem Schlüssel?«
»Nein, der Große.«
»Aber der mit dem Schlüssel«, Abirams Augen schienen sie zu durchbohren, »der wird es tun?«
Ruth räumte ein paar Steine weg. »So«, sagte sie, »jetzt ist es für mich bequemer.«
Die Sonne war hinter den Wolken verschwunden. Abiram war im Keller kaum noch zu erkennen.
»Steig mal runter, dort hinten bei den Kartoffelsäcken liegen Kerzen und Streichhölzer.«
Abiram wollte nicht. »Die heb ich mir für nachher auf, wenn du weg bist.«
»Weißt du«, sagte Ruth, »mein Großvater ist sehr gut. Er hat vielen geholfen. Wenn ich ihm von dir ...«
Abiram drückte die Stirn an die Latten. »Niemand darfst du etwas von mir erzählen, wenn du mir helfen willst. Keinem Erwachsenen, versprichst du mir das?«
Seine Augen zeigten Angst. Er stand auf den Zehenspitzen, um ihr noch näher zu sein. »Bitte, versprich es mir!«
»Ja, aber ...«
»Du mußt es mir versprechen, wenn du nicht willst, daß man mich in ein Lager bringt oder erschießt.«
»Nein, das will ich nicht«, sagte sie schnell, »aber ich muß jetzt gehen, sonst fällt es auf, wenn ich so lange fort bin. Der Großvater wird mich fragen.«
»Und du sagst ihm nichts?«
»Nein, wenn du es nicht willst.«
Sie steckte ihre Hand durchs Gitter und winkte ihm zu.
»Auf Wiedersehen!«
»Auf Wiedersehen!«
Kaum hatte sie sich erhoben, da hörte sie ihn rufen. Sie bückte sich wieder zum Fenster.
»Ich weiß deinen Namen nicht.«
»Ich bin Ruth«, antwortete sie und winkte noch einmal.

Die Stube von Julius Kimmich war ärmlich eingerichtet. Die Fenster waren so klein und der Schatten des Kornhauses so

dunkel, daß Kimmich auch bei Tag die Lampe einschalten mußte. Auf dem Küchentisch, seinem Arbeitsplatz, türmten sich Bücher, Noten und Papiere. Es gab zwei Stühle, einen Tisch und ein Vertiko. Zwischen den Fenstern hing eine Biedermeieruhr. Ruth hatte sie lange nach der Zerstörung des Hauses mit Antek aus den Trümmern gegraben.
Kimmich blickte immer wieder zu dieser Bauernuhr. Er wartete ungeduldig auf Ruth.
Seit einer halben Stunde suchte er ein Notenblatt der Friedensmotette. Antek war zwar am Vormittag dagewesen, um Notenmappen abzuholen, aber Kimmich konnte sich nicht vorstellen, daß er die Noten der Motette ebenfalls mitgenommen hatte. Kimmich wußte, was es für ihn bedeuten konnte, wenn Jähde in den Besitz der Blätter käme. Er müßte damit rechnen, auch noch die letzte Verdienstmöglichkeit als Notenschreiber zu verlieren. Das hieße, auf der Straße arbeiten, Trümmer wegräumen oder Schützengräben ausheben.
Das Klappen der Gartenpforte riß ihn aus seinen Gedanken. Ruth war gekommen. Sie machte sich in der Küche zu schaffen, um dem Großvater Gerstenkaffee aufzuwärmen. Es war spät, sie fürchtete seine Fragen. Ob sie einen Gegenstand fände, der Abiram im Keller nützen konnte, ohne daß es der Großvater merkte?
Kimmich trat zu ihr in die Küche.
»Hast du Antek gesehen?«
»Ja, wir trafen uns am Brunnen und haben ein bißchen den Treckwagen zugesehen«, log sie.
»Hat Antek was gesagt, ob er falsche Noten mitgenommen hat?«
Ruth wußte es nicht. Im Augenblick war es ihr auch egal. Wichtiger schien ihr, für Abiram eine Decke zu finden.
»Komm«, sagte Kimmich, »such du nochmal. Ich weiß wirklich nicht mehr, wo ich nachsehen soll.«
Ruth blätterte die Papiere durch. Wer weiß, wo der Großvater die Noten hingelegt hatte. Es war ein solches Durcheinander auf dem Tisch, daß sie das Suchen aufgab.

»Hast du sie?« fragte Kimmich.
Ruth schüttelte den Kopf. »Sie sind sicher nur in eine andere Mappe gekommen«, beruhigte sie ihn.
Sie ging zum Sofa und nahm den Teppich herunter, der auf einer Seite aufgerissen war.
»Es sieht ordentlicher aus, wenn ich das Loch stopfe. Man müßte einen Flicken draufsetzen.«
Kimmich hörte nicht hin. Die fehlenden Blätter steigerten seine Nervosität. Ruth legte den Teppich zusammen. Das hatte der Großvater nicht gemerkt. Jetzt müßte sie noch einen Mantel oder eine Jacke haben.
»Wir haben oben auf dem Dachboden einen alten Reisekorb mit Kleidern«, sagte sie. »Ob man davon nicht einiges hergeben kann?«
»Ja, wenn du jemand weißt«, antwortete Kimmich. »Wie kommst du darauf?«
»Unter den Flüchtlingen hab ich heut' einen Jungen gesehen. Er war krank und hatte nicht mal einen Mantel«, erzählte Ruth und ließ ihrer Phantasie freien Lauf. Plötzlich unterbrach sie ihre Schilderungen.
»Sag mal, Großvater, stimmt das, wenn man was ganz Schreckliches erlebt hat – ich meine etwas, was man nie vergessen kann, daß man das dann sein Leben lang träumen muß? Jede Nacht und immer wieder?«
»Wer hat dir so etwas erzählt, Ruth?«
»Ich hab's gehört, am Brunnen. Eine Frau hat's gesagt.«
»Ja, das gibt es«, sagte Kimmich. »Aber du solltest nicht immer am Brunnen rumlungern. Das Elend, das du dort siehst, hilft dir nicht. Es macht nur traurig.«
»Es muß furchtbar sein, so einen Traum ein Leben lang zu haben«, flüsterte Ruth.
»Sieh zu, ob du noch etwas findest. Viel Vernünftiges wird nicht dabei sein. Und dann läufst du rüber ins Alumnat zum Antek. Frag ihn nach den Noten. Wenn er sie hat, soll er sie mir gleich wiederbringen, damit es keinen Ärger gibt.«
»Aber erst such ich nach einer Jacke.« Ruth war froh, daß der Großvater so arglos blieb. Wenn sie sich beeilte, konnte

sie Abiram die Sachen bringen und anschließend gleich im Alumnat nach den fehlenden Noten fragen.

Im Singsaal war Tumult entstanden. Als die Kinder aus Antek, Willi, Paule und Zick nichts herausbekommen konnten, hatten sie sich ihren Noten zugewandt. Sie mußten damit rechnen, daß Nagold jeden Moment den Saal betreten und mit der Chorprobe beginnen würde.
»Was ist denn das hier?« fragte eine Stimme neben Antek, der erschrocken aus seinen Gedanken hochfuhr.
»Friede«, las der Junge laut weiter, »Quartett für Singstimmen, op 14, von J. Kimmich, nach einem Gedicht von H. Hesse.«
Jetzt war die Aufmerksamkeit aller Jungen geweckt.
Jeder wollte die Noten sehen.
»Wer war heute bei Kimmich?«
»Ich«, sagte Antek, »zeig mal her!«
Tatsächlich. Dieses Blatt mußte ihm aus Versehen dazwischengerutscht sein. Antek kannte das Quartett. Er hatte es sogar schon mal mit Paule gesungen.
»Kimmich darf doch überhaupt keine Musik machen«, krähte ein Kleiner.
»Aufführen darf er nicht, aber schreiben kann er, soviel er will!« gab Antek aufgebracht zurück.
Ein Schüler riß ihm das Blatt aus der Hand und lief damit zum Flügel. Abgehackt und kümmerlich begann er zu spielen.
Die Kinder grölten. »Das ist doch keine Musik! Kein Wunder, wenn der Aufführungsverbot hat.«
Antek sprang zum Flügel.
»Hör auf, du hast wohl noch nie Noten gelesen, was?«
Er hob ihn vom Klavierstuhl und winkte Paule.
»Komm, sing mit, du kennst das auch.«
Paule, der auf eine Versöhnung mit Antek aus war, kam bereitwillig, Zick im Gefolge. Erst probierten sie leise, dann gab Antek den Einsatz.

Jeder hat's gehabt, keiner hat's geschätzt.
Jeden hat der süße Quell gelabt ...
Oh, wie klingt der Name Friede jetzt!
Klingt so fern und zag,
Klingt so tränenschwer,
Keiner kennt und weiß den Tag,
Jeder sehnt ihn voll Verlangen her.

Die Jungen setzten sich auf ihre Plätze und lauschten dem Gesang.
»Singt die Stelle noch mal«, unterbrach ein Schüler. »Das ist großartig, so was müßten wir mal in der Kirche singen!« Begeistert sah er über Anteks Schultern in die Noten. »Wer kann noch vom Blatt singen?« rief er. »Bis Nagold kommt, können wir es. Vielleicht gefällt es ihm.«
»Aber wenn man doch nichts vom Kimmich singen darf«, maulte Willi dazwischen.
Einige Schüler gaben ihm recht.
»Ich denke, hier geht's um Musik und nicht um die politische Einstellung des Komponisten. Schließlich war Kimmich mal Rektor des Alumnats, das vergeßt ihr wohl!« Antek sprach es laut und deutlich. Ihm war, als könnte er damit an Ruth wieder das gutmachen, was er glaubte versäumt zu haben. »Also«, er hob die Hände und gab das Zeichen. Noch vorsichtig, aber dann mit gewohnter Sicherheit setzten die Stimmen ein.

Jeder hat's gehabt, keiner hat's geschätzt ...

Nagolds Brüllen auf dem Gang war bis in Jähdes Arbeitszimmer gedrungen. Er hatte sich das merkwürdige Verhalten des Lehrers nicht erklären können. Allein, daß Nagold am Vormittag einer Mutter aus eigenem Ermessen gestattet hatte, einen Schüler aus dem Internat zu nehmen, hatte ihn mißtrauisch gemacht. Und nun brüllte er auf dem Flur oben, als könnte es dafür einen Grund geben. Jähde hatte es sich zum Gesetz gemacht, jeder zweifelhaften Situation sofort

nachzugehen. Nur so behielt man die Zügel in der Hand, nur so war das Übel der Gefahr an der Wurzel zu packen.
Das Treppenhaus war leer. Jähde betrachtete den Stuck an den Wänden. Nach dem Endsieg wollte er ihn durch moderne Freskenmalerei ersetzen. Vielleicht könnte man unten in der Halle ein Bild von ihm als Rektor in Uniform aufhängen und damit die stolze Reihe der Alumnatsrektoren des Dritten Reiches beginnen. Jähde liebte solche Vorstellungen. Sie waren ihm in Zeiten des Mißtrauens und des Kampfes eine seelische Erholung. Es dauerte eine Zeit, bis Jähde Kimmichs Motette hörte. Er hatte schon längst den Wohlklang der Töne verfolgt und mit der Hand, die eben noch ärgerlich das Fenster geschlossen, unbewußt die Rhythmen mit mechanischer Genauigkeit auf das Fensterkreuz geklopft.

Jeder hat's gehabt, keiner hat's geschätzt ...

Jähdes Wachtraum zerplatzte wie eine Seifenblase. Was war das für Musik? Das gehörte weder in das Repertoir des nationalsozialistischen Sangesgutes noch zu der von Nagold geschätzten Kirchenmusik. Jähdes musikalischer Instinkt wies ihm die Richtung. Hier konnte es sich nur um eine Komposition von Kimmich handeln. Jähde kannte sie gut aus seiner Lehrerzeit unter dessen Direktorium. Schnell war damals sein erster Anflug von Bewunderung in Neid umgeschlagen, und Kimmich hatte es Jähdes Haß zu verdanken, daß seine Chorkompositionen als entartete Musik hingestellt und verboten wurden.
Jähde riß die Tür auf. Die Kinder bemerkten ihn im ersten Augenblick nicht. Im Vordergrund hatten sich mehrere Jungen um den am Flügel sitzenden Antek geschart. Ihre Augen waren auf Antek gerichtet, der mit dieser Musik vertraut war. Jetzt winkte er Paule den Einsatz zu, beide sangen allein. Jähdes Schritt knallte in die Musik. Es war, als wenn er jeden einzelnen Ton mit dem Fuß zertreten wollte. Antek fand so schnell keine Möglichkeit, die Blätter zu verstecken.

»Wie kommt ihr zu diesen Noten?« fragte Jähde.
Wenn er so leise sprach, war das immer ein Zeichen besonderer Gefahr. Zick, der ihm am nächsten stand, schloß die Augen. Wollte denn heute das Unglück gar kein Ende nehmen? Schon fühlte er die Hand des Rektors im Schopf.
»Na, woher?« fragte Jähde.
»Ich weiß das nicht«, stotterte Zick los, »ich habe überhaupt noch nie Noten geholt.«
»Antek war's«, unterbrach Willi.
Er hatte sich nach vorne geschoben. Er klappte die Hacken zusammen und versuchte seinen Worten den Anschein einer Meldung zu geben. Das mißbilligende Murmeln der Kameraden überhörte er. Seine Backen leuchteten rot in Erwartung weiterer Fragen. Aber Jähde begnügte sich damit.
»So«, sagte er zu Antek, »du warst es!«
»Ich muß sie aus Versehen mitgenommen haben, Herr Rektor.«
Jähde winkte ab. »Dafür kannst du's aber schon ganz hübsch singen, nicht?«
Jähde fuhr fort: »Zu mir kommen, unbedingt Soldat spielen wollen und in Wirklichkeit sich bei solchen Miesmachern wie diesem Kimmich herumtreiben und mir noch mit dessen Friedensliedchen kommen. Hat er dich dazu angestiftet?«
Antek konnte sich kaum beherrschen. In die Fresse müßte man diesem aufgeschwemmten Schwein schlagen, dachte er.
»Nein, Herr Rektor«, hörte er sich statt dessen höflich sagen, »ich habe die Noten ebensowenig wie die anderen vorher gesehen oder gesungen.«
Willi legte den Kopf schief, als wenn er nur auf diese Lüge von Antek gehofft hätte, um sie richtigzustellen. Aber er kam nicht dazu. Ein stechender Schmerz fuhr in sein Hinterteil und fraß sich fest.
»Wir haben sie zwischen unseren Mappen gefunden und bloß so aus Neugier vom Blatt gesungen«, sagte Paule statt seiner.
Willi glaubte den Schmerz nicht mehr ertragen zu können. Er tastete hinter sich und fühlte Paules Hand, die mit festem Griff einen Nagel zwischen die Nähte seiner Hose bohrte.

»So«, sagte Jähde gedehnt, »nur so vom Blatt gesungen. Na, das möchte ich bezweifeln.«
Er kam auf Willi zu. »Du hast nicht mitgesungen?«
Der Nagel zuckte.
»Nein«, stöhnte Willi.
Jähde hielt ihm das Blatt vor die Nase. »Na los! Mal sehen, ob deine Freunde gelogen haben.«
Paule trieb den Nagel ein Stück weiter in Willis Hinterteil.
»Jeder hat's gehabt, keiner hat's geschätzt ...«, schrie Willi.
Paule erbarmte sich nicht. Tränen erstickten Willis Stimme.
Jähde entriß ihm das Blatt. »Seit wann grölst du so?«
Willi war nicht fähig, auch nur ein Wort zu sprechen. Er wankte an den Flügel, beide Hände auf den brennenden Hosenboden gedrückt.
»Aber er hat richtig gesungen«, antwortete Paule triumphierend.
Willi atmete schwer. Seine Blicke versprachen Paule tausendfache Rache. Aber der zeigte ihm nur die Spitze seines Vierzöllernagels und gab noch eine Daumenbreite dazu.
»Bis dahin«, flüsterte er.
Willi schloß die Augen.
Jähde glaubte, bei den Schülern nur Zeit zu verlieren. Es war an der Zeit, nach Nagold zu sehen und zu ergründen, wieso er nicht die Chorprobe abhielt, und ob er über das Singen von Kimmichs Chören innerhalb des Alumnats orientiert war. Er gab den Kindern eine für Ruhe sorgende Strafarbeit auf und verließ den Singsaal mit dem Gefühl, endlich den wahren Zusammenhängen von Nagold und Rektor Kimmich auf der Spur zu sein.

Der Bauernwagen, in dem der kranke Mann auf seiner Strohschütte lag und sterben wollte, kam gerade noch bis vor den Brunnen. Dann löste sich der Radreifen und schlug klappernd gegen die steinerne Brüstung. Eine Frau kroch aus dem Wageninneren, stützte sich müde auf den Pferderücken und beugte sich über das Rad. In der Felge klaffte ein Riß. Die Frau wußte, daß sie so nicht mehr weiterkommen würde.

»Jetzt ist es aus«, hörte der Bauer ihre dünne Stimme zu dem fremden Mädchen sagen, das sie mitgenommen hatten. Er wälzte sich mühsam auf den Rücken. Es war gut zu sterben, wenn der Wagen nicht rumpelte. Wenn ihn der Tod nur nicht wieder betrog. Jedesmal, wenn der Wagen anhielt, hatte er geglaubt, sterben zu dürfen. Er schloß die Augen und dachte an zu Hause.

Die Bäuerin schlug die Plane hoch. Licht verjagte das wärmende Dunkel um ihn.

»Jetzt sitzen wir fest«, sagte sie mürrisch. Sie zupfte ihm ein paar Strohhalme aus den Bartstoppeln.

»Ich will sterben«, flüsterte der Bauer böse.

»Ach, das sagst du jeden Tag und lebst immer noch. Dort drüben ...«, sie wies nach dem Alumnat, »das große Haus, das ist sicher ein Krankenhaus. Da wird man dich operieren und wieder gesund machen.« Sie ließ die Plane wieder zurückfallen. Jetzt wird sie in das Krankenhaus gehen, damit man mich gesund macht, dachte er wütend. Er hob den Kopf und hörte ihren schlurrenden Schritt. Er blinzelte. Durch den Spalt der Plane sah er von unten den Kopf der Brunnenfigur und glaubte, es sei ein Denkmal des Führers. Er konnte die weißen Spuren der Tauben auf dessen Schultern erkennen.

»Siehst du«, murmelte der Bauer, »nun bist du auch angeschissen.« Er legte sich so, daß er den Kopf mit dem Taubenunrat nicht sah. »Aber deswegen laß ich mir von dir nicht in den Sarg gucken.« Er rollte sich wieder zur Seite. So lag er gut, nur das Stroh stach ihn ins Gesicht. Warum war die Frau bloß in das Krankenhaus gelaufen, wo er schon im Sarg lag, in einem von zu Hause mitgebrachten? Ich habe noch nicht fremden Boden berührt, dachte der Bauer, ich bin noch immer zu Hause. Er öffnete sein rechtes Auge und sah Kisten, Säcke, Bettzeug und seine Kaffeeflasche. Bald zwanzig Jahre war er mit ihr jeden Tag aufs Feld gezogen, hatte daraus seinen Durst gelöscht oder im Winter wärmenden Korn getrunken. Es wäre schön, jetzt noch vor dem Sterben einen letzten Schluck zu nehmen. Der Bauer hatte seit Tagen weder gegessen noch getrunken.

Das fremde Mädchen griff unter die Plane und zerrte seinen Rucksack hervor. Es war an der Zeit, sich nach einem anderen Treckwagen umzusehen. Mit dem zerbrochenen Rad war kaum auf ein Weiterkommen mit den Leuten zu rechnen. Sie wollte den Bauern auf seinem Stroh nicht stören, und so tastete sie vorsichtig nach ihrem Gepäck.
Der Bauer sah die weißen Hände durch die Plane fassen. Es wurde ihm doch ein wenig unheimlich. Er hatte nicht geglaubt, dem Tod leibhaftig ins Antlitz sehen zu müssen. Er lag ganz steif und starrte. Wenn ich nur meine Kaffeeflasche hätte. Die Hände kamen immer näher, bis an seine Füße. Jetzt streckten sie die Finger aus und packten den Rucksack.
Ärgerlich richtete sich der Bauer auf. Er glaubte, den schlurrenden Schritt zu hören, die Stimme des Doktors und Männer mit einer Trage. Er rief, aber es war nur ein Flüstern. So trat er heftig auf die weiße Hand. Entsetzt schrie das Mädchen auf. Sie schlug die Plane zurück und sah in das fahle Gesicht des Bauern. Schweiß tropfte ihm aus den Stoppeln, und die wimperlosen Augen irrten hin und her. Sie bekam Angst und sah sich um. Die Frau war noch nicht zurück.
Der Bauer bewegte die Lippen. »Gib mir die Kaffeeflasche von der Runge.«
Das Mädchen kroch in den Wagen fand aber nichts, weil sie gar nicht wußte, was eine Runge ist. »Ich seh nichts«, begehrte sie auf. »Ihre Frau kann Ihnen das suchen, ich muß weiter.«
Der Bauer schüttelte heftig den Kopf. Er rutschte seitwärts, um ihr zu zeigen, daß er sie nicht aus dem Wagen ließe, bis er seine Feldflasche hätte, oder sie müßte über ihn hinwegsteigen. Endlich sah sie einen verbeulten Emaillekrug am oberen Wagenpfosten.
»Dann geht's ja wieder aufwärts«, sagte das Mädchen und gab dem Mann die verbeulte Emailleflasche. »Gute Besserung«, rief sie und war mit einem Sprung aus dem Wagen.

Die Frau hatte nur einen kurzen Augenblick vor dem Alumnat gestanden. Sie war überzeugt, daß dieses Gebäude mit den großen Fenstern ein Krankenhaus sei. Sie trat durch die Tür und blieb im Treppenhaus stehen. Nagold kam die Stufen heruntergehumpelt. Er beachtete die Frau nicht weiter. Es kamen täglich fremde Menschen hier herein und fragten nach Obdach und Brot.
Er hatte erst in seine Wohnung gehen wollen, aber die Vorstellung, dort die vor Angst weinende Margot zwischen den halb gepackten Koffern vorzufinden, hatte ihn abgehalten. So irrte er durch die Flure, verfolgt von der Erkenntnis, daß er das Vertrauen und die Liebe Anteks verloren habe.
»Sind Sie der Doktor?«
Er sah in das runde Gesicht der Frau, die eben hereingekommen war. Die fettigen Haare waren straff zurückgekämmt. Der Dutt ragte spitz unter dem Wolltuch hervor. »Mein Mann ist krank«, redete die Frau in ihrem schlesischen Dialekt, ohne eine Antwort Nagolds abzuwarten. »Der Doktor zu Hause hat gesagt, der Bauer hätt's im Gedärm, und lange wird er's nicht mehr machen, wenn man ihn nicht operieren tut. Wir wollten zu meiner Schwester nach Kassel machen. Jeden Tag meint er, er wird sterben. Aber nu ist mir das Rad am Wagen kaputt gegangen, und der Treck von unserem Dorf ist schon durch. Da hab ich gedacht, Sie können mir helfen, Herr Doktor, daß mein Mann nicht sterben wird.«
»Ich bin kein Doktor«, sagte Nagold in eine Atempause hinein. Er wußte nicht, ob die Frau ihm lästig war oder ob sie ihn in ihrer Einfalt rührte.
»Wo ist er dann, der Herr Doktor?«
»Was für ein Doktor denn, um Gottes willen?«
»Na, der Herr Doktor hier von dem Krankenhaus!«
»Das ist hier kein Krankenhaus, das ist ein Alumnat, eine Knabenchorschule, hier wird singen gelernt.«
»Singen gelernt«, wiederholte die Bäuerin und sah kopfschüttelnd über die hohen Wände, »dann wird der Bauer wohl doch sterben.«

»Kann ich Ihnen helfen?« fragte Nagold. Vielleicht konnte er der armen Frau wenigstens mit einem Rat zur Seite stehen.
Sie legte ihre Hand auf seinen Arm und zog ihn vor die Tür. »Wenn Sie mir helfen, wenn Sie mir eine Unterkunft würden besorgen, Herr. Nur damit der Bauer operiert könnt' werden. Ich würde Ihnen dafür mein' Wagen mit der Liese geben. Vielleicht wollen Sie auch noch fortmachen, wenn die Russen kommen?«
Sie zog Nagold um den Wagen herum und versuchte ihm die Flucht schmackhaft zu machen. Er solle ihr doch seine Wohnung geben und einen Doktor sagen, der ihren Mann operierte.
»Liebe Frau, was soll ich denn mit Ihrem Pferd und Wagen? Was reden Sie da für einen Irrsinn? Sie müssen zusehen, in die nächste Stadt zu kommen und in ein Krankenhaus. Das hiesige ist kaputt.«
Ihr Blick ging wieder zum Alumnatsgebäude, als müßte dort die Rettung für den Mann sein.
»Ich geb Ihnen meinen Wagen umsonst, Herr, und das Pferd dazu.«
»Ah, das ist ja interessant. Pferd und Wagen umsonst! Will sich der Herr Musiklehrer davonmachen?«
Jähde stand hinter Nagold, in der Hand noch immer Kimmichs Noten. »Sind die Koffer vielleicht schon gepackt?«
Nagold, der im ersten Augenblick auflachen wollte, fuhr der Schreck in die Glieder. Wenn Jähde Margots Fluchtplänen auf die Spur gekommen wäre? Er sah forschend in das Gesicht seines Vorgesetzten.
Die Bauersfrau hatte nichts begriffen. Sie hörte Nagolds erklärenden Worten zu und entnahm daraus, daß er den Wagen bestimmt nicht haben wollte. So zupfte sie Jähde am Ärmel.
»Vielleicht wollen Sie mein' Wagen haben und meine Liese dazu«, sagte sie, aber sie erkannte schnell die Hoffnungslosigkeit ihres Angebots. Da riß sie in ihrer Verzweiflung die Plane hoch und schrie: »Da seht doch selbst, ihr Herren, wie krank der Bauer ist!«

Jähde und Nagold starrten in den Wagen. Dort lag ein Mann auf die Seite gerollt, Stroh in den Bartstoppeln und einen Schnapsrest über das Gesicht gegossen. Er war tot. Die Frau beugte sich über ihn. Sie sammelte das Stroh von seinem Gesicht, genau wie es vorhin getan hatte. »Vielleicht«, sagte sie leise, »vielleicht nimmt einer der Herren mein' Wagen und meine Liese für einen Sarg und ein Stückel Erde, damit ich den Bauern begraben kann?«

Jähde gab der Frau ein paar freundliche Worte und schlug ihr vor, sich im Sammellager eintragen zu lassen. Nagold ging zum Alumnat zurück. Jähde ließ ihm keine Zeit. Voller Mißtrauen hatte er Nagolds Erschrecken vermerkt, als er ihn auf die gepackten Koffer angesprochen hatte. Warum sollte jetzt nicht eine unauffällige Kontrolle am Platze sein?

»Ich möchte Sie sprechen, Herr Nagold, können wir in Ihre Wohnung gehen?«

Ohne die Antwort abzuwarten, stieg Jähde die Stufen hinauf, durch den Flur bis zu Nagolds Wohnung.

Frau Nagold war es noch nicht gelungen, die alte Ordnung wiederherzustellen. Als die Flurtür klappte und ihr Mann mit Jähde vor ihr stand, nützte es wenig, daß sie gerade noch ein paar Kleider unter die Sofadecke stecken konnte. Die Konservendosen, die sie geschickt mit dem Fuß unter den Schrank geschoben hatte, rollten langsam und polternd Herrn Jähde vor die Füße. Er tat, als wenn er ihr Entsetzen nicht wahrgenommen hätte, und bückte sich höflich.

»Aha, Schweineschmalz«, sagte er sanft.

Er ging im Zimmer umher und schaute sich um. Er sah auch die ausgebeulte Sofadecke, unter der die Kleider lagen, den Koffer, die aussortierten Papiere und die Asche vor dem Ofen.

»Einige Sachen verbrannt, ja?« sagte er wieder mit der liebenswürdigen Stimme. Er wog die Konserve in den Händen wie ein Jongleur vor dem Auftritt.

»Was wollen Sie eigentlich?« fragte Nagold mit erzwungener Ruhe. Er konnte Margots Angst nicht mehr mitansehen.

Hypnotisiert war sie Jähdes Bewegungen gefolgt, den Kopf zwischen die Schultern gezogen, als erwarte sie Schläge.
Jähde knallte die Konserve auf den Tisch. »Das kann ich Ihnen genau sagen! Ich möchte Sie daran erinnern, daß ein Verlassen der Stadt seit einer Woche nur noch mit der persönlichen Genehmigung des Kreisleiters statthaft ist. Oder ist Ihnen diese Verordnung entgangen?«
»Natürlich nicht«, sagte Nagold.
»Na und?« Jähde zeigte auf einen gepackten Koffer, »warum das alles, wenn Sie es wissen? Es ist Ihnen doch bekannt, daß die Strafen für eine Widersetzung dieser Maßnahmen sehr hart sind?«
»Mein Mann hat damit überhaupt nichts zu tun«, hauchte Frau Nagold. Sie stellte sich schützend neben Nagold und sah Jähde mutig in die Augen. »Ich habe gepackt, weil ich Angst bekam. Mein Mann wußte es nicht. Als er vorhin dazukam, hat er gesagt, ich solle es bleiben lassen. Es wäre nicht nötig, und wir hätten hier unsere Pflichten.«
Sie knäulte ihr Taschentuch von einer Hand in die andere. »Und außerdem pack ich ja schon wieder alles aus«, setzte sie hinzu.
»Woran soll ich das denn erkennen?« fragte Jähde spöttisch.
Nagold war in der Zwischenzeit im Zimmer umhergegangen und hatte wie am Vormittag mit Aufräumen begonnen. Die Bücher auf den Schrank, daneben sein Bild, er in Uniform, lachend und breitbeinig auf zwei gesunden Füßen stehend. Er nahm es noch einmal herunter und betrachtete es.
»Glauben Sie eigentlich, mit Mißtrauen Zuversicht zu verbreiten?« fragte er und stellte das Bild wieder neben die Bücher. Er reichte Margot den Stapel Wäsche, der immer noch auf der Erde lag.
»Bring das ins Schlafzimmer.«
Frau Nagold verschwand, froh, der gefährlichen Auseinandersetzung entrinnen zu können.
Nagold hatte ruhig und gelassen gefragt, ohne eine Spur von Feindseligkeit. Es klang eher wie Neugier. Jähde setzte sich unaufgefordert und begann zu rauchen.

»Mein lieber Nagold«, sagte er. Die Zigarette tanzte bei jedem Wort in seinem Mundwinkel. »Meinen Sie, es macht mir Spaß, jeder Kleinigkeit auf den Grund zu gehen? Manchmal wäre es mir auch lieber, den Dingen ihren Lauf zu lassen, wie Sie es tun. Aber wenn ich jetzt nicht die Zügel eisern in die Hand nehme, wenn nicht jeder Verdacht überprüft wird und auch der geringste Widerstand augenblicklich bestraft wird, dann laufen wir einer tatsächlichen Gefahr entgegen.«
Jetzt erst nahm er die Zigarette aus dem Mundwinkel. »Und ich, Nagold, gehöre zu den Männern, auf die sich der Führer in der Heimat verlassen kann.«
Jähde hob seine Stimme, als erwarte er von Nagold eine Zustimmung. Sie kam auch, aber anders, als Jähde sie erwartet hatte.
»Das bestreitet kein Mensch«, sagte Nagold gleichgültig, »aber warum sie nun ausgerechnet mich und meine Frau auf irgendwelche Widerstände prüfen wollen, verstehe ich nicht.«
Jähde spürte den Spott und bereute seine Offenheit.
»Leider habe ich meine Gründe«, sagte er eisig.
Nagold, der ihm die ganze Zeit gegenübergestanden hatte, sah in fragend an.
»Also«, ging Jähde zum Angriff über, »dann möchte ich wissen, warum Sie auf der Straße stehen, mit Flüchtlingen palavern, anstatt die angesetzte Chorprobe zu halten, und weshalb Ihre Frau Koffer packt?«
Nagold fühlte seinen Willen unter Jähdes drohenden Fragen zusammensacken.
»Antek, Paule, Willi und Zick fehlten«, gab er gehorsam Auskunft. »Ich wußte nicht, wo sie waren, und ohne ihre Stimmen kann ich nicht mit der Probe beginnen.«
»Wissen Sie jetzt, wo die Jungen waren?«
»Nein«, gab Nagold zögernd zu, und sein Gesicht verdüsterte sich, weil er an die beschämende Auseinandersetzung mit den Jungen dachte.
»Aber ich weiß es!« sprach Jähde sehr laut.

Frau Nagold öffnete vorsichtig die Tür, um zu hören, was sich im Wohnzimmer abspielte.
»Sie?« fragte Nagold voller Verwunderung.
Jähde hielt ihm die Noten so dicht vor das Gesicht, daß er die Schrift kaum lesen konnte.
»Bei Kimmich waren die Jungen! Dort haben sie seine neuesten Kompositionen einstudiert und anschließend gleich die Noten mitgebracht, damit es die andern auch lernen. Sie haben das genau gewußt, Nagold. Sie stecken mit Kimmich seit Jahr und Tag unter einer Decke.«
Nagold war Jähdes Gefuchtel ausgewichen. »Nein«, sagte er, »ich glaube nicht, daß die Kinder dort waren.« Es las die Aufschrift der Blätter. »Fragen Sie doch Herrn Kimmich selbst.«
»Das werde ich auch tun. Dazu brauche ich nicht Ihre Aufforderung.«
Ehe Nagold noch zu einer Antwort kam, stürmte Jähde aus dem Zimmer.

Nach seiner Entlassung aus der Haft war es Kimmich nie wieder gestattet worden, das Alumnat zu betreten. Im allgemeinen wurde es so gehandhabt, daß die für den Chor geschriebenen Noten von Schülern abgeholt wurden. Als an diesem Nachmittag ein Junge mit der Nachricht kam, er hätte sich sofort bei Rektor Jähde zu melden, wußte Kimmich, daß Jähde in den Besitz seiner Motettennoten gekommen war.
»Jetzt gleich?« fragte er und hoffte Zeit zu gewinnen.
Der Junge bejahte eilfertig. Der Herr Rektor warte bereits ungeduldig, fügte er vertraulich hinzu und hätte gern erzählt, was er wußte. Aber Kimmich ließ ihm dazu keine Gelegenheit. Er öffnete unhöflich die Tür und sagte: »Ich komme gleich. Das kannst du dem Herrn Rektor Jähde bestellen.«
Kimmich konnte nur mühsam seine Nervosität vor dem Kind verbergen. Aber sobald er allein war, packte ihn die Erinnerung Damals war es Nacht, und vor ihm stand ein Polizist. Wie heute der Schüler, war auch der Polizist auf Veranlassung des Parteigenossen Jähde gekommen. Kim-

mich hatte noch nicht geschlafen. Auf seinem Schreibtisch lagen Chorauszüge aus »Judas Maccabäus« von Händel, die er zur Vorbereitung eines großen Singabends gerade durchgearbeitet hatte. Grußlos, ohne ein Wort der Erklärung, kam der Polizist herein. Kimmich kannte ihn gut, denn sein Bruder war vor Jahren einer seiner besten Schüler gewesen.
»Wollen Sie mir nicht sagen, was Ihr Auftritt zu so später Stunde bedeuten soll?« fragte Kimmich leicht amüsiert. Nicht einmal der Gedanke einer persönlichen Gefahr warnte ihn.
»Werden Sie nicht privat, Mann«, antwortete der Polizist und stiefelte breitspurig im Zimmer umher. Er zog Schubladen auf, öffnete Schränke, warf Bücher um und tat alles, in höchster Geschwindigkeit eine sagenhafte Unordnung anzurichten.
»Können Sie nicht endlich mit diesem Theater aufhören?« Kimmich sagte es mit spürbarem Verdruß. Es war ihm nicht entgangen, daß der Polizist seine Unsicherheit durch freches Benehmen verbarg und dabei unentwegt nach der Tür schielte, als erwarte er noch jemanden.
»Nein, das kann er nicht«, antwortete Jähde an Stelle des Uniformierten mit schneidender Stimme, »er ist nämlich im Dienst!«
Damit war Jähde im Zimmer. Allem Anschein nach hatte er die ganze Zeit vor der Tür gestanden, um das Stichwort für seinen Auftritt abzuwarten. Jetzt ging er zum Schreibtisch, und nach der Zufriedenheit seines Gesichtes schloß Kimmich, daß Jähde das Gesuchte gefunden hatte.
»Das genügt für die Verhaftung.«
Jähde reichte die Noten aus »Judas Maccabäus« dem Polizisten zur Verwahrung.
»Sind Sie wahnsinnig, Jähde?« schrie Kimmich.
Aber der wendete nur peinlich berührt den Kopf zur Seite.
»Warum machen Sie Schwierigkeiten, Kimmich? Es ist nur zu Ihrem Nachteil«.
Der Polizist legte ein Schriftstück auf den Schreibtisch. »Der städtische Angestellte I. Kimmich wird in Schutzhaft genommen, da die Gefahr besteht«, las Kimmich, »daß er von seiner

Freiheit gegen den nationalsozialistischen Staat und seine Einrichtungen Gebrauch machen würde.«
Dann ging alles in rasender Eile. Er durfte Waschzeug mitnehmen, aber weder Kleider noch Wäsche. Selbst das Bild seiner verstorbenen Frau wollte man ihm nicht lassen. Handschellen schnappten um seine Gelenke, und wenige Zeit später fand er sich in der Zelle der städtischen Polizeiwache wieder. Dort saß er Tage und Nächte, ohne mit einem Menschen sprechen zu dürfen, ohne zu wissen, wohin diese Verhaftung führen würde. Wortlos schob man ihm täglich das Essen durch die Tür, und auf seine Bitten, man möge ihn doch wenigstens mit einem Rechtsanwalt sprechen lassen, antwortete ihm schnödes Gelächter. Nach einer Woche peinigender Ungewißheit wurde er in einem Polizeiauto abtransportiert, ohne seine Tochter oder einen Bekannten benachrichtigen zu können. Aber das alles blieb nur ein harmloser Auftakt zu dem, was ihn dann im Konzentrationslager erwartete. Es begann mit der Vernehmung. Ein hünenhafter SS-Scharführer schlug ihn mit einer Peitsche auf den Kopf. Das sollte für Kimmich die Aufforderung sein, eine ordnungsgemäße Meldung zu machen. Er begriff es nicht. Ein zweiter Schlag traf ihn an der Kehle.
»Melden!« brüllte der Scharführer.
Kimmich murmelte seine Personalien.
»Lauter!« und wieder traf die Peitsche. Kimmich wiederholte. Aber er machte den Fehler, seinen Beruf wahrheitsgemäß mit »Rektor des Knabenchores« anzugeben.
Grölen erfüllte die Schreibstube. Weitere SS-Männer waren hinzugekommen, sie wollten sich ausschütten vor Lachen.
»Na, dann sing uns mal was vor, du Knabenrektor«, brüllten sie.
Einer begann Kimmich die Kleider vom Leibe zu reißen, bis er völlig entblößt den Männern gegenüberstand. Der Scharführer gebot Ruhe.
»Du hast deine Knäblein verbotene Musik singen lassen, du Volksbetrüger! Und du hast dich gewehrt, deinen Chor in den Dienst des nationalsozialistischen Staates zu stellen!«

Abermals schlug die Peitsche zu.
Kimmich hatte die Augen geschlossen.
»Antworten!« schrie es vor ihm.
»Jawohl«, sagte Kimmich.
»Na also«, grinste der Scharführer zufrieden, »er lernt ja das Maul aufzumachen! Aber paß mal auf: Wir möchten jetzt diesen jüdischen Katzengesang hören.«
Er nahm ein Aktenbündel vom Schreibtisch und blätterte darin. »›Judas Maccabäus‹ heißt das Hurenlied. Uns leider nicht bekannt, also«, er trat nach Kimmich, »fang an, sonst werd ich dir den Ton geben!«
Er hob die Peitsche.
Kimmich wußte nicht mehr, ob er sang oder nicht. Es war eher ein Gurgeln.

»O Freiheit du, du Lebenssonne,
Sitz der Tugend, Quell der Wonne!
Ohne dich kein Reiz des Lebens,
Keine Freude, wert des Strebens ...«

Dann brach er unter der Wucht der Schläge und dem untragbaren Maß menschlicher Entwürdigung zusammen. Er hörte nicht mehr, wie der Scharführer mit überkippender Stimme, den Takt mit der Peitsche auf seinen nackten Körper schlagend, grölte:

»Voran, o Held! Kühn brich entzwei
Das harte Joch der Sklaverei!«

Die Uhr an der Wand schlug die fünfte Stunde. Kimmich taumelte aus seinen Erinnerungen. Jetzt mußte er zu Jähde gehen, und vielleicht hieß das abermalige Quälerei? Diesmal war Kimmich gewappnet. Im Lager hatte er die Feuerprobe tiefster moralischer Erniedrigung bestanden. Neben der Eigenwilligkeit seines Charakters hatte Kimmich sein Leben dem Genossen Dressler zu verdanken. Mit kahlgeschorenem Kopf, in Sträflingskleidern, mit rotem Dreieck auf der Brust, war er der Gruppe der Politischen zugeteilt worden. Er, einer der unpolitischsten Männer, hatte sich bisher ausschließlich der Musik und dem Aufbau seines Chores gewidmet. Er war der Meinung gewesen, Politik gehöre in die Hände derer, die sich dazu berufen fühlen. Der Zufall, daß beide aus der gleichen Stadt stammten, hatte die Männer enger zusammengebracht. Als erfahrener und langjähriger Häftling führte Dressler den Neuling Kimmich in die Gruppe ein. Hier lernte Kimmich, daß nicht die Verwirklichung eines Talentes allein schon Lebenszweck bedeutet. Kimmich entdeckte mit Erstaunen, daß er trotz allem, was er für die Musik getan, letztlich nutzlos gelebt hatte. Er fühlte sich beschämt, daß zu dieser Entdeckung erst äußerste Bedrohung, ja, die Gefährdung des eigenen Lebens führen mußte. Dressler und seine Gruppe hatten durchweg diese Gefährdung auf sich genommen, um die bessere Gemeinschaft des Menschen zu verwirklichen.

Nach fast drei Jahren betrat Kimmich zum erstenmal wieder das Alumnat. Sein ehemaliges Arbeitszimmer war nur noch an dem Türschild »Rektorat« zu erkennen.
Die mit Musikliteratur angefüllten Bücherregale an den Wänden waren verschwunden und hatten einem lebensgroßen Hitlerbild sowie der Büste des Reichsjugendführers Platz machen müssen. Neben dem Fenster hing eine Rußlandkarte. Mit Stecknadeln und einem roten Wollfaden war säuberlich die Frontlinie des sieghaften Jahres 1942 abgesteckt. Auf dem Schreibtisch, an dem Kimmich beinahe fünfzehn Jahre gearbeitet hatte, stand eine Miniaturausgabe des Leibstandartenwimpels Feldherrnhalle. Nichts in diesem Zimmer erinnerte an Musik oder gar an eine schöpferische Tätigkeit. Mit schnellem Blick sah Kimmich die Noten seiner Friedensmotette. Jähde versuchte, sie mit den Armen zu verdecken, er rührte sich nicht vom Schreibtisch. Er freute sich darauf, Kimmich zu überraschen und sich an dessen Furcht zu weiden.
»Bevor ich zum eigentlichen Thema komme«, begann Jähde, »möchte ich mich mit Ihnen über Ihre Vergangenheit

unterhalten. Der Grund Ihrer Schutzhaft ist Ihnen noch geläufig?«

»Ja, Ihre Denunziation!«

»Ihre Frechheit, Kimmich, scheint mir weit größer als Ihr Gedächtnis zu sein. Hoffentlich gibt das nicht Schwierigkeiten, wie?«

Er hatte Kimmich an der Tür stehen lassen.

»Sie wurden in Schutzhaft genommen, weil Sie entgegen dem staatlichen Gesetz entartete Musik betrieben. Sie studierten mit dem städtischen Knabenchor Judenlieder ein, obwohl Sie damals von mir als Parteigenosse gewarnt wurden.«

Kimmich ließ Jähde reden, ohne ihn zu unterbrechen. Schweigen war hier der beste Widerstand.

»Wenn ich mich recht erinnere«, fuhr Jähde fort und spielte mit dem Fähnchen auf seinem Schreibtisch, »wurden Sie vor eineinhalb Jahren durch die Weihnachtsamnestie unseres Gauleiters in Ihre Heimatstadt entlassen. Waren Sie da eigentlich der einzige?«

Jetzt spürte Kimmich Gefahr. Was hatte das mit seinen Noten zu tun? Er mußte Zeit gewinnen.

»Nein, wir waren ungefähr dreißig Mann.«

Kimmichs gelassene Antworten begannen Jähde zu reizen.

»Ich meine nicht, wie viele begnadigt wurden, sondern wer mit Ihnen hierher entlassen wurde!«

»Arthur Dressler.«

»Kommunistenschwein?«

Kimmich wußte nicht, worauf Jähde hinaus wollte. Es sah so aus, als wenn der andere die Noten nur zum Vorwand für Fragen über Dressler nahm. Kimmich stellte sich völlig ahnungslos, aber der Name des Freundes alarmierte seine Wachsamkeit bis in den letzten Nerv. Die Vorschrift, daß Häftlinge nach der Entlassung keinerlei Verbindung miteinander halten durften, hatte ihn nicht daran gehindert, mit Dressler in engem Kontakt zu bleiben. Der Freund hatte sofort wieder seine politische Tätigkeit als Kommunist aufgenommen. Mehrmals hatte Kimmich ihn durch Weiterleitung von Material oder Nachrichten unterstützt. Aber nach kurzer Zeit war Dressler untergetaucht, um nicht abermals in ein Konzentrationslager eingeliefert zu werden. So hatte er alle Verbindung mit Kimmich abgebrochen. Wenn Dressler jetzt erwischt worden war, bedeutete das gleichzeitig eine Verhaftung Kimmichs, denn es gehörte zu den Gepflogenheiten der Gestapo, in solchen Fällen den ganzen Kreis auszuheben.

»Ich habe Sie gefragt, ob Dressler ein Kommunist ist?«

»Wir gehörten alle zur Gruppe der politischen Häftlinge. Soviel ich weiß, war Dressler Bibelforscher.«

Bei dieser Vorstellung mußte Kimmich insgeheim lächeln. Hatte nicht Jähdes Frage bewiesen, daß Dressler noch in Freiheit lebte? Sonst hätte Jähde nicht mit soviel Haß gefragt, ob der Freund Kommunist sei.

Jähde hatte umsonst auf den Busch geklopft.

»Sie wissen, daß gegen Dressler abermals ein Haftbefehl läuft?«

»Ach«, staunte Kimmich.

Sein Blick heftete sich wie zufällig auf die Karte und blieb an der Sowjetunion hängen. »Er hat immer viel vom besseren Jenseits gesprochen.« Ohne sich um Jähde zu kümmern, ging Kimmich an die Karte und steckte die Nadeln so, daß die Front mitten durch das Großdeutsche Reich lief.

»Ja«, fuhr Kimmich langsam fort, »er war wohl nicht der einzige seines Glaubens.« Er wickelte die Fäden sorgsam um die letzte Nadel. »Ich nehme an, Sie haben nichts gegen diese kleine Korrektur einzuwenden.«

»Hüten Sie sich! Diesmal kommen Sie mir nicht davon!« sprudelte Jähde hervor.

Es war Kimmich gelungen, Jähde aus seiner Lauerstellung zu locken. In der Wut würde Jähde den wahren Grund dieser Vernehmung preisgeben. Befriedigt beobachtete er, wie Jähde die Noten vom Schreibtisch riß.

»Sie haben sich unterstanden«, schrie er, »den Schülern des Alumnates Ihren pazifistischen Singsang beizubringen!«

»Es gibt kein Kompositionsverbot, Herr Rektor«, antwortete Kimmich höflich, »meine Musik steht lediglich unter Auffüh-

rungsverbot, und diese Maßnahme ist bis zur jetzigen Stunde eingehalten worden. Die Noten sind aus Versehen in dieses Haus gelangt. Die Kinder werden Ihnen das bestätigen.«
Jähde hatte sich wieder gefangen. Er hielt die Blätter zwischen den Fingern, und während er Kimmich höhnisch betrachtete, war nur das Knistern des reißenden Papieres zwischen ihnen zu hören.
»Sehen Sie«, sagte Jähde und fetzte die Noten in winzige Schnipsel, »so einfach ist das für mich, Sie zu erledigen. Dieses Mal werden Sie schneller in Ihrem besseren Jenseits sein, als Sie glauben.«
Kimmich neigte den Kopf, und Jähde, der diese Geste als furchtvolle Ergebenheit hinnahm, konnte nicht das Lächeln auf Kimmichs müdem Gesicht sehen.
»Verschwinden Sie«, sagte er, »und zählen Sie Ihre Stunden, wenn Sie wollen!«
Als er hinter Kimmich die Tür geschlossen hatte und Jähde sich wieder seinem Schreibtisch zuwandte, leuchtete ihm der rote Faden der neu gesteckten Front entgegen.

Hinter der Stadtmauer, im ehemaligen neuen Viertel, lag zwischen den Trümmern ein Soldat. Er war müde, aber Hunger und aufsteigende Kühle ließen ihn nicht einschlafen. Er sah zur Stadt hinüber.
Ich liege hier auf einem Friedhof, dachte er, und versuchte von neuem, auf den kantigen Steinen eine bequeme Stelle zu finden. Wenn ich nur nicht solchen Hunger hätte, aber in meinem Uniformrock darf ich es nicht wagen, in der Stadt um Brot zu bitten. Deserteure werden erschossen oder auf dem Marktplatz als Kriegsverräter und Halunken an Laternen geknüpft. Und an der Front wurden die deutschen Landser abgeschossen. Und wer in Gefangenschaft geriete, verhungere oder werde zu Tode geprügelt oder käme zu Zwangsarbeiten nach Sibirien, so hieß es. Tag für Tag hatte man sie statt mit Brot mit diesen Parolen gefüttert. Wahrscheinlich, um den letzten Rest von Kampfgeist aus den Männern zu

pressen. Wenn sie schon nicht mehr für Führer und Vaterland kämpfen wollten, dann wenigstens aus Angst.
Der Soldat zwischen den Trümmern wollte weder für Führer und Vaterland kämpfen, noch aus Angst vor der Gefangenschaft. Er war Deserteur, und er wollte nach Hause zu seiner Frau. Vor Tagen war er davongelaufen. Es war nicht sonderlich schwierig gewesen. Aber auf der Flucht war jeder Deutsche ein Feind. In einem Bauernhof hatte ihn eine Flüchtlingsfrau auf dem Heuschober versteckt. Kinder fanden ihn, und die Leute waren ihm mit Mistgabeln bewaffnet gefolgt. Das Zetergeschrei der Bauerntochter klang ihm noch in den Ohren: »Ich schäme mich, eine Deutsche zu sein ...«
Von dieser Stunde an hatte der Soldat die Menschen gemieden.
Wenn ich nur einen andern Rock hätte, dachte er, dann käme kein Mensch darauf, daß ich Soldat bin. Ich könnte als Flüchtling zu den Volksküchen gehen, heißen Kaffee trinken, Brot essen und auf Stroh schlafen.
Zweimal hatte der Soldat in der Dunkelheit versucht, an Zivilkleider zu kommen. Aber beide Male waren Leute dazugekommen, bevor er seine Opfer bestehlen konnte. Das letztemal war es ein älterer Mann mit einem Mantel aus gutem Stoff. Das Gesicht des Mannes war gelb geworden, als der Knüppel von hinten auf seinen Kopf schlug.
Seufzend ließ er sich hintenüber auf die Steine fallen. Bei Anbruch der Dunkelheit wollte er weiter, Richtung heimwärts.
Plötzlich vernahm er Geräusche. Er wälzte sich auf den Bauch, in der einen Hand den Knüppel, in der anderen eine ungeladene Pistole. Der letzte Schuß Munition hatte einem Russen gegolten.
Ruth lief über die Trümmerpfade. Sie hatte dem Großvater versprochen, Antek nach den Noten zu fragen. Da er ihr erlaubt hatte, nach alten Sachen zu suchen, wollte sie ihn nicht enttäuschen. Die Schatten der Trümmerberge lagen schwarz vor ihr. Es war in der Dämmerung schwierig, das Gelände zu überblicken. Sie dachte an Abiram, der jede

Nacht träumte, wie seine Mutter erschossen wurde. Ruth sah hinüber zum Rand der Stadtmauer, wo sie vor dem Angriff mit ihrer Mutter gewohnt hatte. Der Vater war gleich am Anfang des Krieges gefallen. An die Bombennacht konnte sie sich kaum noch erinnern. Sie wollte mit der Mutter in den Keller gehen, als es um sie knisterte und krachte. Die Wand sah plötzlich wie ein zerknittertes Tuch aus, und die Mutter stürzte vor ihr die Treppe hinunter. Weiter wußte sie nichts mehr. Nachbarn hatten erzählt, daß sie viele Stunden verschüttet gewesen sei. Die Mutter hatte man nicht mehr gefunden. Aber geträumt hatte sie das alles nie. Ruth lief schneller.

Erst hatte der Soldat nur die Schritte gehört. Jetzt zeichnete sich Ruths Gestalt deutlich gegen den Abendhimmel ab.

»Eine Frau«, murmelte er, »das hat mir gerade noch gefehlt.« Er robbte, so weit er konnte, nach vorn. Jetzt lag er auf dem Steinwall und konnte den engen Pfad gut sehen. Das ist günstig, dachte er und richtete sich auf. Aber was sollte er mit Frauenkleidern oder mit einem Weibermantel anfangen? Es hatte keinen Zweck.

Plötzlich kniff er die Augen zusammen. Was die Frau dort im Arm trug, mußten Decken oder Kleidungsstücke sein.

Geräuschlos glitt er zu Boden. Die Hände suchten mechanisch nach einem Stein. Er brauchte nur zu warten, bis sie nahe genug bei ihm war. Er fing an zu schwitzen, sein Atem ging schnell. Speichel sammelte sich in seiner Mundhöhle. Wenn er nicht träfe, wenn er sie nur verletzte, wenn sie schrie, wenn ihr Leute folgten? Seine Hand ließ den Stein los. Erst langsam, dann immer schneller rollte der Brocken den Wall hinunter. Er sprang und kullerte, bis er eine ganze Lawine von Steinen mit sich riß, die den Pfad verschütteten.

Ruth stand ganz still vor Schreck. Es war nur ein Steinrutsch, versuchte sie sich selbst zu beruhigen. Sie packte Jacke und Decke noch fester und machte sich daran, die Steine, die den Pfad verschüttet hatten, zu überklettern.

Der Soldat kniete sich lautlos hin. Gleich würde ihr Kopf direkt neben ihm auftauchen, und das, was sie in den Armen

hielt, war eine Decke und eine Männerjacke. Ganz deutlich konnte er es sehen. Das Schicksal mußte es gut mit ihm meinen. Beinah hätte er aufgelacht. Es war wie im Kino. Nächtelang schlich er heimwärts, hungerte und fror, versteckte sich, weil er keine Zivilkleidung bekam, und hier, mitten unter Toten und Steinen, kommt eine Frau und bringt ihm das Ersehnte. Er beugte sich vor und hob die Hand zum Schlag. Der blonde Zopf auf Ruths Rücken leuchtete.
»Oh, Abiram, bist du das?« rief Ruth leise.
Dann erst sah sie, daß es ein fremder Mann war.
»Hände hoch!« herrschte er sie an und hielt ihr die ungeladene Pistole vor die Brust.
»Warum?« Sie hob die Hände nicht, sondern preßte die Jacke noch enger an sich. Ihre Stimme zitterte, aber sie kroch noch näher zu ihm, bis sie die Schweißtropfen auf seiner Stirn sehen konnte. Einmal zuckte es noch in der Hand des Soldaten, dann ließ er den Knüppel, mit dem er sie erschlagen wollte, fallen.
»Hast du denn keine Angst vor mir?« fragte er rauh.
»Doch, aber Großvater sagt immer, die hilft nichts!«
»Ist ein kluger Mann, dein Großvater.«
»Ja.«
Erst jetzt sah Ruth die Uniform, und sie konnte sich nicht erklären, wie der Mann hierher gekommen war.
»Sind Sie Soldat?«
»Ich war einer.«
»Und was machen Sie hier in den Trümmern, wo keine Menschen wohnen?«
»Du läufst ja auch hier herum, und ich frage dich nicht danach.«
Er schätzte mit den Blicken die Jacke ab. Sie könnte ihm genau passen, vielleicht ein bißchen eng, aber was machte das schon.
»Gib mir die Jacke!«
Jetzt begriff Ruth. Die Jacke wollte er haben, weil er von den Soldaten fortgelaufen war. Instinktiv fühlte sie die Gefahr, ließ sich den Wall hinunterrollen und lief, so rasch es auf dem

steinigen Weg ging, davon. Der Soldat war schneller. Er holte sie ein, bekam sie am Zopf zu fassen und riß sie zu Boden. Eine brennende Schürfwunde zog sich über ihre Stirn.

»Meine Freunde kommen hinter mir her! Und wenn ich schreie, findet man Sie!« rief sie verzweifelt. Die Jacke hielt sie unter ihrem Körper versteckt. Die Decke war oben auf den Steinen liegen geblieben. Es wurde immer dunkler. Die Angst begann Ruth zu würgen. Das Gesicht des Soldaten war ganz nah an dem ihren.

Er mußte damit rechnen, daß jeden Moment einer dieser Freunde auftauchen würde. »Wenn du mir die Jacke nicht gibst, ist es mit mir aus. Entweder ich verhungere, oder sie hängen mich als Fahnenflüchtigen auf. Verstehst du das? Aber ich will nach Hause zu meiner Frau.«

Während er sprach, zerrte er an der Jacke, bis Ruth seiner Kraft nachgeben mußte.

Der Soldat, glücklich eine Männerjacke zu haben, lachte. Er griff abermals in den Zopf und drehte ihren Kopf zu sich herum. »Was, so klein und schon einen Kerl?«

»Er ist kein Kerl. Er ist ein Judenjunge, so alt wie ich, der sich genauso verstecken muß wie Sie, wenn er nicht aufgehängt werden will!«

Der Soldat ließ ihren Zopf los.

»Ein Jude«, murmelte er verständnislos, »du hast einen Juden versteckt, du kleine Göre. So mutig bist du? Weißt du denn, was das für dich bedeuten kann?«

»Ja.«

Der Soldat war fassungslos. »Ein Jude ...« sagte er und schüttelte den Kopf.

»Können Sie mir denn nicht Ihre Jacke geben?« fragte Ruth zögernd.

»Meine Jacke? Eine Uniformjacke?«

Der Soldat glaubte sie nicht recht zu verstehen.

»Ja, das ist doch egal. Hauptsache, er hat es warm«, stellte sie fest.

»Das ist wohl das Verrückteste, was mir bisher vorgekommen ist, ein Jude in der Uniform der deutschen Wehrmacht.« Er

lachte und schlug sich auf die Knie. »Ein Jude als Soldat verkleidet, na, wohl bekomm's ihm.«
Er knöpfte die Jacke auf, zog sie aus und tauschte sie mit Kimmichs altem Jackett.
»So, jetzt geh ich«, sagte Ruth.
Der Soldat und sein Lachen waren ihr unheimlich.
»Halt, Mädchen, so schnell nicht. Erst organisierst du mir was zu essen, oder ich verpfeif dich und deinen komischen Judensohn.«
»Das können Sie nicht. Sie sind ja selber weggelaufen.«
»Na ja«, sagte der Soldat voller Bitterkeit, »du hast ganz recht.«
Er tat Ruth plötzlich leid. »Können Sie ein Kellerschloß aufbrechen? Ich würde Ihnen ganz viel zu essen besorgen.«
»Ein Hängeschloß?
»Nein, ein richtiges, wie an einer Tür.«
»Ja, kann ich. Warum?«
»Weil der Judenjunge in so einem Keller eingesperrt ist und nicht heraus kann.«
»Ich bin doch nicht blöd!« sagte der Soldat. »Ich laß mich doch nicht wegen einem Juden erwischen!«
»Der sitzt aber in einer Speisekammer, die bis unter die Decke voll Wurst und Speck hängt.«
Der Soldat pfiff vor sich hin. Das war etwas anderes.
»Paß mal auf«, meinte er abwägend, »erst die Wurst, wenigstens eine, und dann helf ich deinem Bastard aus den Speckseiten heraus.«
Ruth sah ein, daß es für Abiram keine andere Möglichkeit der Hilfe gab. Da sie noch vor dem Abendessen die Noten von Antek holen mußte, machte sie sich, so schnell sie konnte, auf den Weg.

Abiram hatte die Kerzen gefunden und in einem Kreis auf die Kartoffelkiste geklebt. Er hatte das Holz ausgeschüttet und sich den Sack um die Schultern geworfen. Aber er wärmte kaum. Mit einem Stückchen Draht ritzte er den Judenstern in

das Kistenholz. Jede Linie zog er aus, bis das Zeichen vollständig war.
»Ob ich nur zum Totschlagen geboren bin?« dachte er, »oder warum gibt es uns Juden?«
In seine Gedanken schrillte der Ruf des Käuzchens. Abiram lauschte. Das fragende Quiwittquiwitt kam immer näher.
»Hast du dich wieder erschrocken?« fragte Ruth in die Stille. Er erkannte ihr Gesicht zwischen den Eisenstäben.
»Ein bißchen, aber nicht sehr.«
»Das Käuzchen ist unser Ruf. Du mußt ihn dir merken.« Sie steckte die Hand durch das Gitter. »Komm rauf, ich hab dir was mitgebracht!«
Er nahm die Kerzen und befestigte sie an den oberen Lattenenden, rechts und links von dem Loch.
»Wie ein Heiliger siehst du jetzt aus«, lachte Ruth.
»Ja, bloß der Judenstern fehlt, den mir deine Freunde weggenommen haben. Aber siehst du, da unten auf der Kiste hab ich mir einen neuen gemalt, damit ich es nicht etwa vergesse.«
Ruth stopfte etwas weiches Graues durch die Gitter. »Du wirst staunen!« Sie drehte eifrig das Zeug zusammen. »Jetzt versuch, ob du dran kommst.«
Abiram reckte sich noch weiter. Seine Fußspitzen brannten, und es war kaum möglich, Arm und Kopf durch das Loch zu zwängen.
»Jetzt hast du's!« rief Ruth, »zieh, aber langsam, damit es nicht reißt.«
Vor Abirams Augen entfaltete sich eine warm gefütterte Jacke der deutschen Wehrmacht.
»Die ist für mich?« stammelte er.
»Natürlich!«
»Aber ich kann doch nicht diese Jacke anziehen!«
»Wieso, sie ist doch warm?«
Seine Finger glitten über das Hoheitsabzeichen mit dem Hakenkreuz.
»Ich als Jude?« fragte er, und die ganze Wehmut des Ausgestoßenseins lag in dieser Frage.

»Ja, du als Jude«, wiederholte Ruth ärgerlich. »Du frierst auch nicht mehr oder weniger als andere Menschen. Nimm das Ding. Wer sieht es schon.«
Sie erzählte ihm ihr Erlebnis mit dem Soldaten. Wie er sie bedroht hatte und Großvaters Jacke wegnehmen wollte, bis sie ihm in ihrer Not den Tausch vorgeschlagen hatte. »Ich habe ihm gesagt«, fuhr sie fort, »daß ich eine Speisekammer wüßte. Er könnte sich sattessen, wenn er das Schloß aufbricht.«
»Und?« Abirams Augen glänzten. Er vergaß, daß er die Uniform nicht anziehen wollte. Er warf seinen Holzsack von den Schultern und schlüpfte in die warme Jacke.
»Er will es machen, aber ich soll ihm erst eine Wurst bringen, hat er gesagt. Damit er sieht, daß es stimmt.«
»Hast du ihm was von mir erzählt?«
»Nein«, log Ruth.
»Komisch, das mit der Wurst«, überlegte Abiram, »wenn er gewollt hätte, dann wäre er gleich mitgekommen.«
»Das glaub ich nicht. Der möchte eben ganz sicher gehen, weil er Angst hat.«
Abiram stieg von seiner Kiste und holte eine Wurst vom Haken. Es war nicht einfach, sie zu Ruth durch das Kellerfenster zu bringen. Er band sie an einen Besenstiel, den er in der Ecke fand. Vorsichtig schob er das Holz nach oben. Ruth lag platt auf dem Bauch und hatte den Arm, so weit es ging, durch das Gitter gesteckt.
»Noch ein bißchen höher«, keuchte sie.
Aber die Wurst rutschte wie an einer Seilbahn herunter und schlug Abiram ins Gesicht.
»Du mußt einen Nagel in den Stiel schlagen, dann geht es besser.«
Aber es gab weder Nagel noch Hammer.
»Er muß die Wurst haben, sonst wird er uns nicht helfen«, sagte Ruth ungeduldig.
Abiram ließ sich nicht aus der Ruhe bringen. Er knüpfte eine Schnur an den Besenstiel und an die Schnur die Wurst. So mußte es gehen. Den Besenstiel konnte er bis zu Ruth

hinüberreichen. Aber als er die Wurst langsam nach unten gleiten ließ, löste sich die Schnur. Unerreichbar lag die Wurst zwischen Verschlag und Fenster im Dreck.
»Weiß einer, wie viele Würste hier hängen?« fragte Abiram und starrte unter sich in die Finsternis.
»Ja, Paule, der zählt immer alles«, flüsterte Ruth. Sie konnte kaum weitersprechen. »Wenn der Soldat dich jetzt nicht 'raus läßt, und es fehlt eine Wurst ...«
»Ach, laß mal«, versuchte er sie zu trösten, »ich hab schon so viel Prügel bekommen, da kommt es auf einmal mehr oder weniger nicht mehr an.«
»Hol noch eine«, sagte Ruth.
Sie wollte ihm ihre Angst nicht zeigen.
»Und wenn sie wieder in den Dreck fällt?«
»Dann versuchen wir es wieder.« Sie lächelte. »Die Jungen wissen ja nicht, daß ich es war, und du bist dann schon längst weg.«
Bis es Abiram gelang, eine Wurst hinüberzubalancieren, lagen noch zwei in dem schmalen Gang zwischen Lattenverschlag und Kellerfenster. Die Kerzen brannten zu winzigen Stummeln herunter. Abiram war es nicht möglich, sich länger an der Bretterwand zu halten. Die Muskeln krampften sich von der Anstrengung immer öfter zusammen. Erschöpft fiel er schließlich auf die Kiste zurück, rutschte aus, und sein Gesicht schlug auf das Holz, gerade dort, wo er vorhin mit dem Stückchen Draht den Judenstern eingeritzt hatte. Er blieb einen Augenblick liegen. Seine Nase blutete. Er richtete sich auf.
»Mach schnell!« rief er zum Fenster hinauf, aber Ruth war schon verschwunden.

Der Soldat wurde ungeduldig. Wenn ihn der Hunger nicht zum Warten gezwungen hätte, wäre er längst auf und davon gewesen. Ob ihn die Kleine verpfiffen hatte? Vielleicht wäre es klüger gewesen, sie zu begleiten. Andererseits war die Geschichte mit dem Juden so ungewöhnlich, daß sie sich das Mädchen nicht ausgedacht haben konnte. Es wurde immer

dunkler. Der Soldat schlich auf den gegenüberliegenden Steinhaufen. Hier war das Gelände unübersichtlicher. Im Notfall brauchte er bloß über den Krater zu springen, um sich, von den umgeknickten Eisenverstrebungen verborgen, davonzumachen.
Endlich sah er sie im Dämmerlicht herankommen. Mit einem Satz war er von dem Wall herunter auf dem Pfad. »Was hast du so lange gemacht?« herrschte er sie grob an. Dann sah er die Wurst. Eine schöne runde, saftige Salami. Das Wasser lief ihm im Munde zusammen. Also hatte das Mädchen nicht gelogen. Irgendwo saß hier ein Jude. Aber das war nebensächlich. Die Wurst war es, um die alle seine Gedanken kreisten.
»Es ist die größte«, sagte Ruth stolz.
Der Soldat schluckte. Er nahm sie ihr aus der Hand, roch daran und schloß die Augen. Seine Zähne rissen an der Pelle, und allmählich füllten sich seine Backen mit dem salzig-würzigen Fleisch.
»Jetzt müssen wir schnell machen, es wird sonst immer dunkler«, unterbrach Ruth sein schmatzendes Kauen.
Eine Ziviljacke und eine Salami, dachte der Soldat, ohne auf das Mädchen zu hören, das müßte für zwei Tage gut und gerne reichen. Ihm konnte nichts mehr passieren. Was sollte er sich da noch in die Gefahr begeben, einem Juden zu helfen?
»Auf was warten Sie denn noch? Los, kommen Sie!«
»Ich wieso?« grinste der Soldat. Er biß abermals in die Salami.
»Sie haben es versprochen!«
»Ach, versprochen«, winkte der Soldat ab. Das Fett auf seinem Kinn glänzte, »was glaubst du, was man uns schon alles versprochen hat!«
Ruth hielt ihn mit beiden Händen zurück. »Ich hab Ihnen auch die Wurst gebracht! Dann können Sie doch jetzt nicht einfach weggehen!«
»Warum kann ich das nicht?« Er lachte und schüttelte sie ab. »Sag deinem Judensohn einen schönen Gruß. Die Wurst

wäre für einen verhungerten Landser genau das Richtige gewesen!«
Er sprang auf den Wall, über den Krater hinter die Eisenverstrebungen.
Ruth konnte ihn nicht mehr sehen.

Antek hatte es nach der Probe fertiggebracht, das Alumnat zu verlassen. Er wählte den Weg über die Nebengassen, denn wenn er über den Marktplatz zum Kornhaus gelaufen wäre, hätte man ihn beobachten können. Hier, zwischen Winkeln und Höfen, kümmerte sich niemand um den Jungen. Im ersten Dämmerlicht begann in den Schuppen und Kellern ein emsiges Schaffen. Handwagen wurden bepackt, Kisten vernagelt, Säcke verstaut. Hin und wieder öffnete sich eine Tür, und der große Treck nach Westen nahm wieder einen Flüchtling auf. Obwohl die Strafen für das Verlassen der Stadt immer härter wurden, ließen sich die Menschen nicht davon abbringen.
Antek merkte von all dem wenig. Er wollte zu Ruth. Sie sollte ihm ihr merkwürdiges Verhalten erklären. Sie sollte ihm sagen, warum es nur eines hergelaufenen Juden bedurfte, um ihre Freundschaft in Frage zu stellen. Er schlich im Schatten des rückwärtigen Kornhauses entlang bis zu Kimmichs Haus. »Quiwitt-quiwitt«, klang es langgezogen, aber nichts rührte sich. Antek sprang über den Zaun. Er klopfte an Fenster und Tür und rief schließlich nach Ruth. Niemand öffnete.
Ratlos blieb er vor dem Haus stehen. Es begann ihn zu kränken, daß Ruth nicht zu Hause war. Der Gedanke, sie könne bei dem Juden sein, ihm Zuspruch leisten oder ihm gar helfen, bohrte in seinem Herzen.
Wieder und wieder suchte er nach dem Grund für die Arglosigkeit, mit der sie sich am Nachmittag für diesen Fremdling eingesetzt hatte. Als wenn es auf der Welt kein Judengesetz gäbe! Antek kauerte sich auf die Stufen. Seine Finger glitten durch den Kies. Vielleicht war es gar keine Arglosigkeit von ihr gewesen, sondern eine Herausforderung? Vielleicht hatte sie sich bloß hervortun wollen? Zeigen,

wie mutig sie war, im Gegensatz zu ihm, der sich scheute, vor Willi und Paule Mitleid zu zeigen? Die Kieselsteine knallten wie Schüsse auf die Stufen. Er warf einen nach dem anderen, als könne er sich damit von etwas befreien, was tief und befremdend in ihm aufbegehrte. Antek schüttelte sich. »Warum darf ich kein Soldat sein?« schrie es in ihm. Warum durfte er nicht für Ruth kämpfen, für die Flüchtlinge, für das Vaterland? Kämpfen, damit es kein »Nichts« gab, wie Nagold gesagt hatte. Jeden Tag dröhnte es aus dem Radio, daß der Führer jeden Mann, jeden Jungen zum Gelingen des Endsieges brauche. Er aber mußte in einem Alumnat eingesperrt sein, Tag für Tag singen und sich auch noch mit einem Juden herumärgern, der wie ein Hund zugelaufen war. Antek glaubte zu ersticken. Er fühlte nur noch einen brennenden Wunsch: fortzulaufen zu den Soldaten, zu kämpfen und – wenn es sein mußte – zu sterben. Er sah sich auf dem Schlachtfeld liegen, einen Orden auf dem Uniformrock, ein totes Lächeln im blassen Gesicht. Kameraden beugen sich über ihn und wischen ihm das Blut von der Stirn. Einer öffnet ihm den Uniformrock und nimmt Ruths zerknitterte Fotografie an sich.

Eine ganze Handvoll Kiesel prasselte auf die Stufen. Antek löschte die Fotografie im Uniformrock aus seiner Phantasie. Es gefiel ihm besser, anonym zu sterben. Als unbekannter Soldat.

»Antek, bist du es?«

Plötzlich stand Kimmich da, ohne daß Antek seinen Schritt gehört hatte. Es fiel Antek schwer, seine Gedanken zu ordnen.

»Kommst du wegen meiner Noten?« Kimmich legte ihm die Hand auf die Schulter. »Einem von uns beiden müssen sie wohl versehentlich zwischen die Mappen gekommen sein.«

Kimmich nahm ihn mit ins Haus, setzte sich und bat auch den Jungen, Platz zu nehmen.

»Danke«, stammelte Antek verlegen. Er hatte weder an Kimmich noch an dessen Musik gedacht. Stocksteif saß er auf seinem Stuhl.

»Ach, weißt du«, sagte er leichthin, »nimm es dir nicht so zu Herzen. Bald ist dieser ganze gespenstische Zauber vorbei.«
Antek fuhr auf. »Fangen Sie auch schon damit an?«
Ein Blick voll Trotz und Auflehnung traf den alten Mann.
»Womit?« fragte Kimmich verwundert.
»Damit, daß der Krieg verloren ist und daß alles aus ist. Daß alles keinen Zweck hat, weil es dann kein Vaterland mehr gibt, für das man leben kann.«
»Wer hat dir das gesagt?«
»Nagold«, fuhr Antek fort, »und er hat auch gesagt, daß es lächerlich wäre, wenn ich Soldat würde. Für Tote zu singen wäre besser, als für sie zu kämpfen.« Seine Stimme wurde höher, und ein Schluchzen saß in seiner Kehle. »Aber ich finde mich damit nicht ab. Ich will Soldat werden, ich will für den Endsieg kämpfen. Genau wie die anderen auch!«
Antek merkte nicht die Tränen, die ihm über die Wangen liefen.
»Und zu Ihnen bin ich überhaupt nicht gekommen, ich wollte zu Ruth.«
»So«, sagte Kimmich, »zu Ruth wolltest du!« Er machte eine Pause, die Antek unendlich schien. »Da habe ich mich eben geirrt.«
Antek wischte sich mit dem Rockärmel über das Gesicht. Er fühlte sich ausgelaugt. Er brachte nicht einmal ein Wort der Entschuldigung über die Lippen.
»Du kannst hier warten«, hörte Antek ihn sagen, als wäre nichts geschehen.
Also wartete er. Die Bauernuhr tickte in die Stille der Kammer, es blieb das einzige Geräusch zwischen ihnen.
»Du hast mir soviel an den Kopf geworfen«, begann Kimmich endlich, während er Antek immer noch den Rücken zukehrte, »daß ich gar nicht weiß, womit ich zuerst anfangen soll. Wenn ich deinen Besuch auf mich bezogen habe, so mußt du es eben entschuldigen.«
»Das hab ich nicht so gemeint, Herr Kimmich.«
»Es stimmt ja, daß du nicht zu mir wolltest. Im übrigen ist das nicht so wichtig.«

Kimmich drehte sich um. »Wenn Hitler seinen Krieg verloren hat, dann weißt du nicht, wie es weitergehen soll. Das ist es doch, was dich an die Front treibt. Ehe alles verloren ist, willst auch du, Antek, beweisen, daß du für dein Vaterland sterben kannst, wenn es sein muß.«

Antek wollte unterbrechen.

»Ich mach es dir nicht zum Vorwurf«, fuhr Kimmich fort, »der Wunsch der Verteidigung und des Kampfes ist so alt und so richtig wie die Menschheit selbst. Aber es kommt darauf an, wofür du kämpfst. Für unser Volk gilt es jetzt nicht zu sterben, sondern zu leben. Wenn du glaubst, eine Pflicht erfüllen zu müssen, dann ist es die, jeglichen Kampf für Hitler einzustellen, wenn nicht zu verhindern.«

Antek hatte sich weit vorgebeugt, als sähe er den Alten zum erstenmal.

Kimmich spürte das Wagnis, das er mit seinen Worten eingegangen war. Antek war ein Schüler Jähdes, und er war in der Hitlerjugend. Wenn es ihm nicht gelang, Antek die Wahrheit klar vor Augen zu führen, konnte es für Kimmich den Tod bedeuten.

»Herr Jähde«, fuhr Kimmich fort und ließ Antek nicht aus den Augen, »hat guten Grund, vor dem Zusammenbruch Angst zu haben. Aber du hast ebensowenig zu fürchten wie ich!«

Antek wich langsam zurück.

Kimmich ließ nicht locker. »Es muß für uns alle ein besseres Leben beginnen.«

Anteks Mundwinkel zogen sich wie im Spott herunter. »Besseres Leben ...«, wiederholte er höhnisch mit leiser Stimme.

»Ja, besser!« sagte Kimmich scharf. »Sagst du mir einmal, wofür du noch kämpfen willst? Möchtest du Adolf Hitler verteidigen, auf dessen Befehl Millionen von Menschen verhungerten, vergast, vertrieben und zu Tode gequält worden sind? Willst du dafür fallen, daß der Rassen- und Vernichtungswahn in Deutschland fortgesetzt wird?«

Antek begriff Kimmichs Worte nicht. Millionen von Men-

schen verhungert und vergast, kreiste es in seinem Kopf.
»Nur angenommen«, sagte er, ohne Kimmich eines Blickes zu würdigen, »nur angenommen, Sie sprächen die Wahrheit, dann bliebe uns ja erst recht keine andere Wahl, als bis zum letzten Mann zu kämpfen, um nicht selbst vernichtet zu werden.«
»Es ist die Wahrheit«, sagte Kimmich, »ich kann dir die Zahl nicht sagen, aber als Beispiel mag es dir genügen: Während meiner Haftzeit waren es etwa achttausend Juden, die vergast wurden, nur weil sie Juden waren. Sonst hatte man ihnen nichts vorzuwerfen.«
»Juden?«
»Ja.«
»Wenn das stimmt«, fuhr Antek mühsam fort, »dann hätte ja Nagold recht, dann gäbe es nichts mehr, an das man glauben könnte.«
»Doch, Antek, von neuem anfangen, anders anfangen. Nicht mit Tod und Vernichtung, sondern mit dem Willen zu einer Gemeinschaft unter den Menschen in einer neuen Ordnung. Dafür lohnt es sich zu kämpfen. Verstehst du das?«
»Nein«, brüllte Antek und stieß den Stuhl zurück. »Nein, das verstehe ich nicht, denn man kann uns nicht zwölf Jahre lang etwas Falsches erzählt haben!«
Er rannte an Kimmich vorbei aus der Tür ins Freie.

Der Waschraum im Alumnat war für die Schüler ein ungestörter Aufenthaltsort. Außer morgens und abends betrat kaum ein Mensch den hohen, gekachelten Raum mit den Milchglasfenstern. Wenn der Wind von Westen kam, mischte sich der fade Geruch von billiger Seife mit den fauligen Ausdünstungen der Abflüsse.
Während Antek, Paule und Zick auf dem Badewannenrand saßen, hockte Willi abseits am Fenster.
»Es kotzt mich an, euch hundertmal zu erklären, daß es selbstverständlich ist, einen Juden zu melden.«
Antek hörte in Gedanken Kimmichs Stimme – ungefähr achttausend Juden hat man allein während meiner Haftzeit

vergast. »Das ist deine Ansicht, Willi«, sagte er ruhig. »Uns geht es aber auch an, und du mußt dir unsere Meinung ebenso anhören.«
Willi rutschte von seinem Platz am Fenster herunter. »Als wenn es da noch eine andere Meinung geben könnte. Entweder bin ich ein Jude, dann hab ich Pech gehabt. Oder ich bin keiner!« Er hob den Kopf. »Und dann bekämpfe ich diese minderwertige Rasse, bevor ich selbst von ihr geschädigt werde.«
Willi setzte sich zu den Freunden. Da er weder von Paule noch von Antek eine Bestätigung seiner Auslegung des Judengesetzes bekam, baumelte er verärgert mit den Beinen, bis sein Absatz gegen die Wanne schlug.
»Sei leise«, brummte Paule.
»Und was ist deine Meinung?« fragte Antek.
»Von mir könnt ihr denken, was ihr wollt, aber den Juden anzeigen, bleibt nach wie vor Wahnsinn. Das hieße erstens, nichts mehr zu fressen haben, und zweitens, Gefahr zu laufen, wegen Diebstahls bestraft zu werden.« Er ging aufgeregt vor der Badewanne auf und ab. »Von Paule«, sagte er, »könnt ihr nicht verlangen, daß er solch ein Risiko eingeht.«
Willi schnaubte verächtlich. Aber Paule nahm sich Willis Geringschätzung wenig zu Herzen. Er tippte ihm leicht auf die Schulter. »Mein Pflichtbewußtsein als Hitlerjunge ist nun mal nicht größer.«
»Also«, unterbrach Antek den beginnenden Streit, »du willst demnach den Juden nicht anzeigen. Gut, aber was willst du dann mit ihm machen?«
»Das ist es ja!« gab Paule in seiner Ratlosigkeit zu. »Wenn wir den Burschen anzeigen, wird er uns aus Rache verpfeifen. Wenn wir ihn nicht anzeigen, machen wir uns strafbar«, er nickte Willi zu. »Und im übrigen frißt er uns alles auf.«
Antek bohrte die Hände in die Hosentaschen.
»Was meinst du«, fragte Paule, vorsichtig seinen Plan verfolgend, und stieß Willi versöhnlich in die Seite. »Wir könnten doch dem Juden zum Beispiel ein paar Würste geben und ihm dann sagen, er soll schnell verduften.«

Voller Spannung sah Paule in Willis Gesicht, aber sein Vorschlag hatte dessen Trotz nur vermehrt.
»Bist du wahnsinnig?« Willi konnte das Schreien nur mühsam unterdrücken. »Hast du denn keinen Funken Ehre im Leib?«
»Für die Russen wollte ich mir diese Eigenschaft jedenfalls nicht aufheben«, erwiderte Paule lässig.
Willi war aufgesprungen. Paules schmierige und feige Einstellung zu der Sache verletzte ihn. Am liebsten hätte er ihn stehengelassen, denn nur durch Menschen mit so verdorbenen Gesinnungen, wie Paule sie aufwies, war es möglich geworden, daß der Feind im eigenen Land stand.
»Zick«, unterbrach Antek, »du bist zwar noch ziemlich klein, aber du warst immerhin dabei. Deine Meinung gilt auch.«
Zick, der gar nicht damit rechnete, gefragt zu werden, hatte an der Handtuchstange neben der Wanne herumgeturnt. Stolz kam er näher. Er sah Antek an, dann den lauernden Paule und den wütenden Willi. Es wäre ihm angenehmer gewesen, wenn er Anteks Standpunkt schon gewußt hätte. Er spürte zum erstenmal das Gewicht einer Verantwortung.
»Na, red schon«, forderte Paule ungeduldig.
»Fortjagen ist nicht schlecht«, meinte Zick zögernd, doch als er Willis drohenden Blick spürte, fuhr er änstlich fort: »aber wenn man ihn anzeigt oder zur Polizei bringt, ist das sicher viel richtiger.«
»Am besten ist, du machst das selbst«, schlug Antek vor.
Zick starrte ihn entsetzt an. »Ich? Das kann ich nicht!«
»Und warum nicht, wenn du es für richtiger hältst?«
Zick wand sich unter Anteks Frage. Der Stolz darüber, daß man auch seine Meinung hören wollte, zerrann. »Weil er mir ja gar nichts getan hat, außer dem bißchen aufgefressener Leberwurst ...«
»Sag's nur laut und deutlich, Zick«, ermunterte ihn Antek, »ich bin nämlich deiner Ansicht.«
Willi glaubte nicht recht zu hören. Die gekachelten Wände drehten sich um ihn. Diese Verräter waren seine Freunde. Nicht einer unter ihnen hatte den Mut, einen dreckigen Juden anzuzeigen?

»Und du willst mir erzählen, daß du zu den Soldaten möchtest«, brach es aus ihm heraus. Er betrachtete Antek voll verächtlichem Staunen. »Ein Feigling bist du, ein ganz armseliger Feigling. Aber ich, ich hab den Schlüssel, und ich ...«
Weiter kam er nicht. Anteks Faustschlag traf ihn ins Gesicht. Er taumelte zurück und wäre gefallen, hätte Antek ihn nicht am Kragen gefaßt.
»Hör zu, Willi, und hör gut zu. Wir sind seit drei Jahren gute Freunde. Du, der Paule, Zick und ich. Wir wollen uns diese Freundschaft nicht durch einen Judenjungen zerstören lassen, der sich zufällig in unserem Keller herumgetrieben hat.«
Antek führte Willi am Kragen rückwärts bis zur Badewanne und drückte ihn dort auf den Rand.
»Ich habe jeden von euch seine Meinung sagen lassen, und jede Meinung gilt gleich viel, verstehst du?«
Er schüttelte Willi, der nur noch mit einem Auge sehen konnte, das andere war durch den Faustschlag zugeschwollen.
»Aber«, fuhr Antek fort, während sein Griff am Kragen des Freundes immer härter wurde, »keiner von uns ist ein Feigling, wenn er einen Jungen, der genauso alt ist wie wir, nicht gleich auf die Polizei oder zum Blockleiter bringt. Weißt du denn, ob der Jude überhaupt ein Verbrechen begangen hat?«
»Es geht nicht um ein Verbrechen«, knurrte Willi, »sondern weil er Jude ist.«
»Dafür soll er sterben?« Antek ließ Willi los.
»Sterben?« fragte Paule verblüfft, und selbst in Willis geschwollenem Gesicht lag verwundertes Staunen.
»Wer redet denn von sterben?«
»Ich habe es gehört«, war Anteks Antwort. Seine Stimme klang den Freunden seltsam belegt, so daß sie ihm glaubten, ohne zu begreifen. Antek sah sie an, einen nach dem anderen.
»Ich will keine Schuld haben, daß ein Junge unschuldig stirbt. Oder vielleicht ihr?«
»Aber es ist ein Gesetz ...«, fuhr Willi dazwischen.

»Ach, Gesetz, wart's doch erst mal ab. Ich will, daß wir alle zusammen, und du auch, heute nacht in den Keller gehen. Dort werden wir schon aus dem Juden herausbekommen, ob er schuldig ist oder nicht. Dann kannst du immer noch mit deinem Gesetz kommen.«
Antek wusch sich die Hände. Es tat jetzt gut, das kalte Wasser über die Hände laufen zu lassen, die eben noch Willi geschlagen hatten. Er langte in die Tasche, um sich abzutrocknen. Als er sein Taschentuch hervorzog, fiel der Judenstern heraus. Er flatterte zu Boden, zwischen das Holz der Roste. Antek hob den Stern auf. »Versprich mir jetzt, daß du niemanden etwas verrätst und allein mit uns hingehen wirst.«
»Gut, ich verspreche es.« Willi sah Antek nicht an.

Die Front hatte sich innerhalb der letzten vierundzwanzig Stunden verändert. Den Russen war ein neuer Durchbruch gelungen. Die fast völlig aufgeriebene deutsche Division war zersprengt. Erst mit Hilfe des Volkssturms konnte weiter westlich ein neuer Stützpunkt gebildet werden. Der Flüchtlingsstrom schwoll an. Auf dem Marktplatz entstand Tumult. Man schrie nach Quartier, nach Brot und Kaffee. Und das waren nicht etwa die, die seit Wochen und Monaten Hunderte von Kilometern zu Fuß durch Schnee, Regen und Kälte gewandert waren, es waren auch nicht die, deren Ziel die Ungewißheit blieb, oder gar jene, die nichts weiter mit sich schleppten als ihr eigenes, bedeutungslos gewordenes Schicksal; sondern Neulinge, die nur Tagreisen, manch einer sogar nur Stunden der Flucht hinter sich hatten. Manche kannten diesen oder jenen in der Stadt und forderten eine Sonderstellung.
»Die werden auch ruhiger«, sagte eine Frau, während sie ihren Rock raffte und die wundgelaufenen Füße in den Brunnen hielt.
»Nehmen Sie Ihre dreckigen Beine da raus, das ist Trinkwasser!«
Staunend sah die Frau hoch. Der Mann trug feines Schuh-

werk, einen Rucksack und einen Lederkoffer. Sie hob gehorsam die triefenden Füße auf die Steine. »Schon lange unterwegs?« sagte sie und belächelte den Koffer.
»Mir reicht's«, murrte der Schimpfende, »fast zwei Tage. Und dann noch zu Fuß. Das hält ja kein Mensch aus! Und Sie?«
Die Frau wickelte mit geübter Hand ein paar Lappen um ihre Füße. Dann schlüpfte sie in Holzschuhe, nahm ein Bündel auf und sagte: »Zwei Monate!«

Jähde hatte es vermieden, seine militärische Landkarte näher zu betrachten, seit Kimmich den roten Wollfaden umgesteckt hatte. Andererseits war ihm auch nicht der Gedanke gekommen, den Faden wieder in die alte Linie zurückzuspannen.
Nun hatte der zur Abendstunde ungewöhnliche Zustrom der Flüchtlinge in Jähde eine Unruhe ausgelöst, die ihn vor die Karte trieb. Sein Zeigefinger tastete sich rastlos an den Stecknadeln entlang, die in bedrohlicher Nähe der Stadt wie winzige Geschütze aus dem Papier ragten. Jähde rechnete. Aber er rechnete mit Divisionen, Panzereinheiten, Flakgeschützen, die es längst nicht mehr gab. Sein Zeigefinger rutschte langsam nordwärts, bis er ein mit Blaustift eingezeichnetes Kreuz umfuhr. »Hier«, sagte Jähde und tippte befriedigt auf die Stelle, »hier kommt die V2-Waffe zum Einsatz.« Anders konnte es nicht sein. Abermals begann Jähde zu rechnen und kam zu dem Ergebnis, daß der schnelle Vormarsch der Russen nichts als ein Schachzug Adolf Hitlers war, der den Feind von dieser Stelle mit der V2, der Wunderwaffe, angreifen und vernichten wollte. Je mehr er darüber nachdachte, um so genialer erschien ihm der Plan. Er ließ sich dazu verführen, nun selbst den roten Faden weiter westlich zu legen. So würde die Markierung nicht Tod, sondern Sieg bedeuten.
Das Telefon schrillte zweimal, bis es Jähde aus seinen generalstabsähnlichen Gedanken weckte.
»Heil Hitler«, grüßte ihn die knarrende Stimme des Kreisleiters Hoffmann aus dem Telefon und informierte ihn darüber,

daß zur Zeit fünfhundert quartiersuchende Flüchtlinge in der Stadt weilten.
Jähde nahm es gelassen zur Kenntnis. Mit solchen Situationen mußte in Zeiten äußerster Anspannung gerechnet werden. Allerdings stießen die weiteren Ausführungen des Kreisleiters Hoffmann nicht auf seine Billigung.
»Es bleiben mir noch dreihundert Leute übrig, die möchte ich Ihnen ins Alumnat legen.«
»Zu mir?«
»Jawohl. Sie haben genug Platz in Ihren Klassen. Außerdem haben Sie den Singsaal. Da gehen allein hundert Leute rein.«
»Ja, und wie denken Sie sich den Schulbetrieb?« begehrte Jähde auf.
»Das ist Nebensache. Singen Sie meinethalben in der Kirche, oder lassen Sie es bleiben. Auf alle Fälle kommen die Flüchtlinge bei Ihnen rein. Heil Hitler!«
Jähde mußte sich damit abfinden, daß zwei Stunden später durch das weit geöffnete Portal des Alumnats unter Drängen und Stoßen dreihundert Flüchtlinge vom Marktplatz Klassen und Flure für die kommende Nacht füllten. In ihrer Emsigkeit, mit der sie ihre Habe die Stufen heraufschleppten, sie an den Wänden stapelten, sich davor oder darübersetzten, jeden Winkel auf seine Nutzbarkeit prüften, um endlich den geeigneten Platz zu finden, wirkten sie auf Jähde wie ein Heer von Termiten. Am Vormittag hatte er noch darüber nachgedacht, wann und wo er sein Porträt als uniformierter Rektor des Alumnats aufhängen sollte, jetzt wurden an dieser Stelle letzte Habseligkeiten aufgeschichtet. Die Wände wurden zerkratzt, und das Haus hallte vom Schreien und Rufen dieser Fremden, die von jedem Raum, von jedem Gegenstand Besitz ergriffen, als stände es ihnen so zu. Sie trieben eine Flutwelle der Unrast vor sich her, die alles ergriff.
Jähde wußte plötzlich, daß er nun mehr denn je seinen Mann zu stehen hatte. Sich der allgemeinen Angst zu ergeben, hieße Verrat, hieße den Endsieg untergraben. Seine Befehle waren exakt und überlegt. Allmählich gewann er der Situation, über einige hundert Menschen zu herrschen, und sei es nur für eine

Nacht, sogar Gefallen ab. Er wies Nagold an, mit einigen Schülern den Schlafsaal zu räumen und die Betten älteren und kränklichen Flüchtlingen zur Verfügung zu stellen. Die Jungen hatten sich mit Decken in den kleineren Klassenzimmern zu begnügen. Die Gänge sollten von Gepäck freigehalten werden, damit ein ungehindertes Hinundhergehen ermöglicht wurde. Die Küche durfte ohne seine Erlaubnis von keinem Fremden betreten werden. Wünsche, wie gewärmte Milch, Tee oder heißes Wasser, mußten bei Frau Nagold angemeldet werden, der jeweils nach Bedarf eine Hilfskraft zugeteilt wurde. So war es allein Jähdes Einsatz zu verdanken, daß nach einiger Zeit eine gewisse Ordnung und Ruhe unter die Menschen kam.
Im Gegensatz zu den oberen Stockwerken war es im Kellergeschoß, wo die Küche des Alumnats lag, still. Frau Nagold hatte den Einzug der dreihundert Menschen nicht miterlebt. Sie hatte einen großen Kessel Pfefferminztee gekocht. Die Schüler verteilten den Tee an die Flüchtlinge. So war es nur das Scharren der Füße, das zu ihr herunterdrang und drohend in ihren Ohren saß wie das nächtliche Mahlen der Panzerketten. Seufzend warf sie ein paar Hände voll getrockneter Blätter in das brodelnde Wasser. Der scharfe Geruch von Pfefferminz trieb ihr die Tränen in die Augen. Sie wußte nicht, von was ihr übel wurde, von der Angst oder von dem Geruch: Russen, Flüchtlinge, Panzer, Packen, Pfefferminztee. Wie Blitzlichter jagten Vorstellungen und Bilder in ihren Gedanken auf und ab. Sie öffnete die Augen und sah Zick vor sich, der sie mit schiefem Kopf beobachtete.
»Ja, was ist?« Sie glaubte sich in ihrem Pflichtversäumnis ertappt.
»Nichts«, sagte Zick, »ich wollte bloß mal sehen, ob ich Ihnen helfen kann. Oben hat keiner was für mich zu tun. Da dachte ich eben, ich könnte doch zu Ihnen kommen.« Er hob seinen Kopf und schnupperte. »Hier stinkt's!«
»Ja, weiß Gott«, sagte Frau Nagold. Ein Lächeln zuckte über ihr Gesicht. Sie rührte den Tee, bis er abgegossen werden mußte.

»Komm, halt mir die Kannen!«
Zick ließ Eimer und Kannen füllen und trug sie zur Treppe, wo sie von den anderen Schülern in Empfang genommen wurden.
»Glauben Sie, daß meine Eltern bald hierher kommen und mich abholen?« fragte er, während er ihr einen neuen Eimer zum Füllen hinhielt.
Frau Nagold ließ die Kelle sinken, der Tee plätscherte am Rand vorbei auf den Boden. »Natürlich kommt deine Mutter hier vorbei. Jeden Tag kann sie eintreffen. Da mußt du dir keine Gedanken machen.«
Sie zog Zick zu sich heran. Wieso hatte sie vergessen können, mit welcher Sehnsucht die Kinder auf Nachricht von ihren Eltern warteten?
»Du wirst doch nicht glauben, daß sie dich hier lassen, wenn sie von zu Hause fort müssen«, versuchte sie Zick zu trösten. »Mein Gott, was hast du für ein großes Loch in deinem Pullover. Ich werde es dir stopfen. Wie ist denn das passiert? Hast du dir weh getan?«
Zick war sprachlos. Der ungewohnte Zärtlichkeitsausbruch von Frau Nagold verschlug ihm die Antwort. Er konnte sich nicht besinnen, daß sie ihn oder einen der Jungens jemals gestreichelt hätte. Wenn er bisher ein Loch in seine Kleidung gerissen hatte, so war stets eine Strafarbeit gefolgt, nicht aber die Frage, ob er sich gestoßen hätte. Verlegen sah er von der Pfütze Pfefferminztee zu Frau Nagolds aufgelöstem Gesicht. Es war ihm peinlich, daß sie ihn tröstete. Er hatte nach den Eltern gefragt, weil ihn Abiram und dessen Schicksal beschäftigte. Zick wußte genau, daß der Vater einen Rat für die Freunde wüßte, er hatte nur Angst, daß die Eltern zu spät kommen würden.
Er begann abermals, eifrig seine Arbeit aufzunehmen und Kannen zu schleppen.
»Wissen Sie«, wechselte er das Thema, »daß oben eine Wahrsagerin ist? Ich habe sie gesehen. Sie legt Karten, wenn man ihr was gibt. Glauben Sie, daß das alles stimmt, was die sagt?«

»Das ist verboten, Zick!«
»Na ja, aber sie macht's doch«, antwortete er ungeduldig – »und manche behaupten, was sie sagt, geht in Erfüllung.«
»Möchtest du wissen, wo deine Eltern sind?« fragte Frau Nagold leise.
Zick seufzte. Nun kam sie schon wieder mit den Eltern. Dabei interessierte ihn, was mit dem Juden werden sollte, zumal Antek gesagt hatte, daß er vielleicht getötet würde, wenn man ihn anzeigte.
»Du mußt dir nicht solche Dinge einreden lassen. Es gibt niemanden, der einem die Zukunft weissagen kann. Wenn du etwas wissen willst«, und wieder bekam ihre Stimme den leisen, scheuen Klang, »dann komm zu mir und frag.«
»Dann sagen Sie mir bitte«, fragte er, »was passiert mit Juden, wenn man sie anzeigt?«
Frau Nagolds Gesicht, in dem eben noch Anzeichen von Mutterliebe zu lesen waren, zog sich in starrer Abwehr zusammen.
»Das sind Dinge«, entfuhr es ihr schnell, »über die man nicht nachdenkt, geschweige denn spricht.«
Zicks Frage hatte sie aus der Fassung gebracht. »Geh nach oben, und komm mir nicht wieder mit solch dummem Zeug!«
Sie wischte den vergossenen Tee auf und säuberte den Kessel von Teeblättern. Sie fühlte Angstschweiß auf der Stirn.
»Können Sie mir bitte etwas Milch für mein Enkelkind warm machen?«
Frau Nagold blickte in das faltige Gesicht eines alten Mütterchens, das ihr bittend eine Babyflasche entgegenhielt. Von Zick war nichts mehr zu sehen.

Antek und Paule, die dafür verantwortlich waren, daß der Schlafsaal geräumt wurde, hatten es so eingerichtet, daß ihre, Willis und Zicks neue Schlafstätten in einem gemeinsamen Raum aufgeschlagen wurden. Nachdem sie ins Bett geschickt worden waren, hatten sie die Tür zum Gang angelehnt. Sie wollten verfolgen, wann in den Gängen genügend Ruhe herrschte, um sich unbemerkt davonzumachen. Daran war vorerst nicht zu denken. Im Flur des ersten Stockes, nicht weit von der Treppe entfernt, hatte die Wahrsagerin auf das heftige Drängen einiger Leute mit Kartenlegen begonnen. Aus ein paar Koffern war rasch ein Tisch entstanden, und eine Stallaterne gab der Frau genügend Licht. Sie sah keineswegs aus, wie man sich eine Wahrsagerin vorstellt. Kein altes Weib mit wirrem Haar, gichtigen Fingern und dunklem Blick. Sie war weder dick noch besonders mager, hatte keinen Buckel und keine Katze auf dem Rücken. Sie war eine hübsche, junge Frau mit flinken Augen.

»Mein Mann«, fragte eine Frau mit zitternder Stimme, »lebt er noch, werde ich ihn wiedersehen?«

Sie nestelte an einem Beutel, zog eine goldene Taschenuhr heraus und ließ sie wortlos in den Schoß der Wahrsagerin gleiten.

»Gehört die Uhr Ihrem Mann?« fragte die Wahrsagerin, ohne den Blick zu erheben.

»Ja.«

Die Wahrsagerin legte die Uhr auf den Karo-König. Dann sammelte sie die übrigen Karten zusammen und warf sie verdeckt vor die Frau.

»Ziehen Sie, bis ich halt sage.«

Die Frau zog Karte um Karte. Ihre Hand glitt ratlos hin und her. Sie wollte zupacken und ließ wieder los. Sie schloß die Augen und versuchte, sich blind an das Glück zu tasten, bis endlich das erlösende »Halt« der Wahrsagerin ertönte. Ein bunter Kreis von übereinandergelegten Karten umschloß den Karo-König mit der Uhr.

Die Köpfe der Umstehenden beugten sich noch dichter. Keiner wollte sich diesen Augenblick entgehen lassen. Auch Frau Nagold war unter ihnen. Zicks Mitteilung, daß es eine Kartenlegerin unter den Flüchtlingen gab, war ihr nicht aus dem Sinn gegangen.

»Ich will nur sehen, ob ich noch irgendwo helfen kann«, hatte sie ihrem Mann gesagt, froh, vor sich selbst eine Rechtfertigung zu finden. Plötzlich hatte sie diese junge Frau mit den Karten auf dem Koffer gesehen. Frau Nagold drängte sich

zwischen die schweigende Menge. Ebenso wie die anderen ergriff sie die Sehnsucht, ihr Schicksal kennenzulernen. Und zugleich die Hoffnung, ihm zu entgehen.
»Ihr Mann«, sagte jetzt die Wahrsagerin mit eintöniger Stimme und schob mit kleinen, kurzen Bewegungen die Karten auseinander, »er lebt.« Mit kurzen, abgehackten Sätzen fuhr sie fort: »Es ist wenig Zeit, heute, morgen, in Stunden. Es droht Gefahr, wenn Sie ihn nicht finden.«
»Mein Gott, wie soll ich ihn finden? Sagen Sie es mir«, flehte die Frau mit erstickter Stimme und stierte in die Karten.
»Er muß bei einem alten Mann sein, hier in der Nähe ...«, murmelte die Wahrsagerin.
»Beim Schwiegervater!« schrie die Frau auf. »Mein Gott, er ist zu Hause bei seinem Vater. Er lebt, er lebt!«
Sie taumelte blind vor Tränen hoch, fragte nicht mehr, dankte nicht, lief zur Treppe. Ein Raunen tiefer Bewunderung entstand. Die Wahrsagerin hob den Blick, als wache sie aus einem guten Traum auf. Sie sah sich mit sanftem Lächeln um, griff nach der goldenen Uhr, die noch immer auf dem Karo-König lag und gähnte.
Frau Nagold konnte der Versuchung, sich ebenfalls die Karten legen zu lassen, nicht mehr widerstehen. Aber die Wahrsagerin war müde. Es nützte kein Bitten und Drängen. Erst das kleine Kruzifix mit den echten Perlen, ein Konfirmationsgeschenk der Eltern, nahm der Wahrsagerin die Müdigkeit.
Frau Nagold lauschte ungläubig. Die Weissagungen der Wahrsagerin befriedigten sie nicht. Es tat ihr leid, das Schmuckstück hergegeben zu haben.
»Ihnen und Ihrem Mann droht Gefahr durch einen kleinen schwarzen Herrn.«
»Ich kenne keinen kleinen schwarzen Herrn«, sagte Frau Nagold unwillig. Sie kam sich lächerlich vor, auf solch einen Unsinn hereingefallen zu sein.
»Es ist eine große Gefahr. Sie können sie nur abwenden, wenn Sie rechtzeitig einen Herrn, der beruflich mit Ihnen zu tun hat, um Hilfe bitten. Vergessen Sie das nicht ...«

Die Stimme der Wahrsagerin klang eindringlich. Sie nahm die Pik-Sieben und warf sie in die Mitte.
Frau Nagold stand auf. »Lassen Sie es gut sein.«
Geniert ging sie davon, ängstlich um sich blickend, ob nicht vielleicht Jähde oder ein anderer Alumnatsbewohner sie beobachtet hätte.

Nachdem Frau Nagold sich zur Ruhe begeben hatte, hielt Paule, der an der Tür Wache schob, den Augenblick für gekommen, sich davonzustehlen.
»Jetzt können wir gehen«, flüsterte er und schubste Zick, der über dem langen Warten eingeschlafen war.
Das Knarren der Tür erschreckte sie, aber niemand bemerkte es. Die, die wach lagen, lauschten höchstens auf das Grollen der Artillerie in der Ferne, aber nicht auf das Quietschen einer Tür.
Willi stieß an einen Stiefel, der in den Gang ragte. Es war alles so unwirklich; ein paar Hundert fremde Menschen im Alumnat, die Russen in der Nähe, ein Jude, der von ihrem Willen abhängig war – und sie selber verließen das Haus, ohne daß es einen der Erwachsenen kümmerte. Paule knipste eine Taschenlampe an. Der Lichtkegel huschte über die Gestalten rechts und links auf dem Boden. Gekrümmte Körper tauchten gespenstisch aus dem Dunkel.
Die vier waren froh, als sich die Haustür hinter ihnen schloß. Der Marktplatz lag friedlich vor ihnen, der Brunnen plätscherte. Nur die Wagen erinnerten an die fliehenden Menschen und die Hast des Tages.
»Erst holen wir Ruth«, sagte Antek und hielt Willi, der in Richtung des Stadttores rennen wollte, am Ellbogen fest.
»Natürlich, das Fräulein darf ja bei uns nicht fehlen«, höhnte Willi. Die Freunde hörten nicht hin. So blieb ihm nichts anderes übrig, als mitzugehen.
Antek mußte sein Quiwitt dreimal wiederholen, bis Ruths Stimme hinter dem Fensterladen zu hören war. »Ich habe schon gedacht, ihr kommt gar nicht mehr«, flüsterte sie.
»Jetzt beeil dich«, unterbrach Willi sie.

»Ich kann aber nicht gleich. Der Großvater ist gerade erst ins Bett gegangen. Ich muß warten, bis er schläft. Sonst merkt er es. Wartet ihr ein paar Minuten?«
»Wir denken nicht daran«, antwortete Willi. »Ich hab den Schlüssel, und ich geh in den Keller, wann es mir paßt!«
»Sei doch nicht so gemein!« Ruth wußte nicht, wie sie eher fortkommen sollte. Der Großvater würde bestimmt die Tür oder das Klappen des Fensterladens hören. Antek, der sich über Willis Angeberei ärgerte, sagte: »Wir warten auf dich. Sieh zu, daß du schnell nachkommst. Bevor du nicht da bist, gehen wir nicht in den Keller. Dafür werde ich sorgen!«
Antek war freundlicher, als er es vorgehabt hatte. Ihr zweifelhaftes Benehmen am Nachmittag hatte er ihr keineswegs verziehen, aber deshalb sollte sie in seiner Gegenwart unter Willis Rüpeleien nicht leiden. Daß ihn im Grunde ihre bittende Stimme gerührt hatte, gestand er sich nicht ein.
»Du bist nett, Antek, vielen Dank. Ich beeil mich.«
Die Jungen machten sich auf den Weg zu Abiram.
Ruth hatte es geahnt. Als sie endlich in dem kleinen Flur stand, knipste der Großvater das Licht an. Der Lichtstreifen schoß unter der Tür hervor.
»Ist was?« fragte er.
Ruth gab keine Antwort. Sie rührte sich nicht von der Stelle, bis Kimmich das Licht wieder löschte. Sie hörte, wie er sich im Bett umdrehte. Wenn sie überhaupt noch zu den Jungen und Abiram wollte, mußte sie hier stehenbleiben und warten, bis der Großvater fest schlief. Seufzend kauerte sie sich in eine Ecke. Sie glaubte, daß Antek sein Versprechen wahrmachen und nicht ohne sie zu Abiram hinuntersteigen würde. Denn sonst konnte es schlimm für den Judenjungen werden. Willi würde die Geschichte mit dem Soldaten und den Würsten nicht glauben. Ruth lauschte angespannt. Sie wußte genau, daß der Großvater erst richtig schlief, wenn er regelmäßig vor sich hin schnarchte.
Ruth zog ihren kurzen Rock über die Knie. Im Hals spürte sie einen quälenden Hustenreiz. Sie schluckte. »Lieber Gott, laß mich nicht husten«, betete sie und preßte ihr Gesicht in die

Jacke. Endlich glaubte sie, Großvaters ruhigen Atemzug zu hören.
Lächelnd zog Ruth die Haustür hinter sich zu, flog fast über den Kiesweg des Gärtchens auf die Straße und wäre beinah gestolpert. Etwas lag direkt zu ihren Füßen am Gartenzaun. Eine leblose Gestalt! Die Beine waren hoch gezogen, der Kopf nach unten gedrückt, der Rücken zur Straße gekrümmt. Die angewinkelten Arme umkrampften ein Bündel.
Ruths erster Gedanke war, den Großvater zu wecken. Dann fiel ihr Abiram ein und in welcher Gefahr er schwebte. Wenn Willi die Würste auf dem Gang vor dem Lattenzaun fände, würde er keine Entschuldigung gelten lassen. Sollte sie Abirams Leben wegen eines Toten aufs Spiel setzen? Tote gab es genug!
Ruth schob den Fuß vor, bis sie die Gestalt berührte. Nichts regte sich. Sollte ein anderer den Toten finden. Sie mußte in den Keller.
Da plötzlich vernahm sie einen Schrei, einen winzigen dünnen, jämmerlichen Schrei. Ruth blieb, ohne sich umzudrehen, stehen. Der Schrei in ihrem Rücken wurde langsam zum Gebrüll eines Säuglings. Ruth eilte zurück und kniete sich hin. Sie strich einen Wust von Haaren auseinander und erkannte ein abgezehrtes und elendes Gesicht. Ruth drehte den Körper auf den Rücken. Während sie ihr behutsam das schreiende Kind aus den Armen nahm, öffnete die Frau ihre Augen.
»Ich muß weiter, ich muß weiter ...«
»Wohin denn? Wer sind Sie? Wie kommen Sie hierher?«
Die Frau bewegte nur die Lippen.
Ruth sah, daß sie helfen mußte, oder die Frau starb vor Schwäche, und der Säugling in ihren Armen würde verhungern. Während sie den schmalen Kiesweg zum Häuschen lief, um den Großvater zu wecken, dachte sie nicht mehr an Abiram.

Nachdem die junge Frau zu sich gekommen und der Säugling, so gut es ging, versorgt war, bat sie flehent-

lich, Kimmich möge in der Stadt nach dem Treck ihres Heimatortes fragen. In dem Gedränge des einige Kilometer östlich gelegenen Brückenkopfes hatte sie Freunde und Verwandte verloren. Die Russen waren immer näher gekommen. Es hatte zu schießen begonnen, und die Aufregung, plötzlich allein zu sein, hatte die Geburt vorzeitig ausgelöst. Mit letzter Kraft hatte sie sich durch die Straßen geschleppt, und wie durch ein Wunder hatte Ruth sie gefunden.
Ruth sah nicht auf. »Ich habe das Kind weinen gehört«, sagte sie erklärend, »da bin ich aufgestanden und habe nachgesehen.«
Der Großvater war ohne Mißtrauen. »Du hast dem Kind das Leben gerettet.«
Ruth dachte daran, wie ihr Fuß die leblose Gestalt berührt hatte und sie es dem Zufall überlassen wollte, wer sich um sie kümmern sollte. Ob die Freunde jetzt bei Abiram waren? Was würde dem Juden passieren? Der Gedanke, daß hier vielleicht zwei Schicksale durch ihre Hand entschieden worden waren, erdrückte sie. Wenn ich jetzt wenigstens in den Keller könnte, dachte sie, oder wenn ich dem Großvater von Abiram erzählen könnte. Sie war überzeugt, er würde Verständnis und Hilfe für ihn finden. Aber dann dachte sie an ihr Versprechen, keinem Erwachsenen etwas zu erzählen. So hatte es Abiram verlangt.
»Ich werde jetzt zur NSV-Sammelstelle gehen«, unterbrach Kimmich Ruths Gedanken. »Ich werde mich nach Ihren Leuten erkundigen. Wenn sie nicht mehr da sind, wird man wissen, wohin der Treck gezogen ist. Die Nacht über bleiben Sie erst mal bei uns.«
Er zog sich einen Mantel über.
»Meine Enkelin wird sich um sie kümmern.« Er nickte Ruth zu, ohne von ihr eine Antwort abzuwarten. Nun gab es keine Möglichkeit mehr, zu Abiram und den Freunden in den Keller zu kommen. Ruth kochte der Frau eine Suppe und wärmte Milch für das Kind. Sie riß aus einem alten Leinen Windeln zurecht und wickelte den Säugling, so gut sie konnte, darin ein. Die junge Frau auf dem Sofa sprach kein Wort. Ihre

Augen verfolgten Ruths Bemühungen, das Kind zu versorgen.

»Ist Ihnen kalt?« fragte Ruth, nur um das Schweigen zu unterbrechen.

»Nein.«

Das Kind schlief. Ruth legte es neben die Mutter. Es war nichts mehr zu tun, als zu warten, was der Großvater für eine Nachricht von der Sammelstelle mitbrachte.

Eigentlich hatte Ruth ein Wort des Dankes erwartet. Das selbstverständliche Hinnehmen der Hilfe kränkte Ruth. War es nicht ein Opfer, Abiram im Stich zu lassen und die Freunde durch Warten zu verärgern? Willi, der ihr nie wohlgesinnt war, würde nun wieder einen Grund mehr haben, gegen sie zu hetzen. Die Frau lag da, als wäre es absolut gleichgültig, ob Ruth dem Kind das Leben gerettet hatte oder nicht.

»Erst hatte ich gar nicht so große Angst«, hörte Ruth sie plötzlich sprechen.

»Meine Mutter sagte immer, wenn man ein Kind bekommt, fürchtet man sich nicht so leicht. Das ist von der Natur gut eingerichtet. – Aber an der Brücke, wo wir alle wie Schafe zusammengepfercht standen und warten mußten, wie es anfing zu schießen, fürchtete ich mich doch. Ich glaube, es war eine Granate, die zwischen uns explodierte. Ich fiel hin und blieb liegen, weil ich glaubte, so am sichersten einer Verletzung zu entgehen. Ich wurde getreten und gestoßen, aber ich blieb liegen. Die Menschen schrien und rasten über die Brücke. Ich lag auf der Erde, und ich fand es dumm, daß die Leute während des Beschusses über die Brücke wollten. Ich merkte erst viel später, daß ja nur einmal geschossen worden und ich als einzige liegen geblieben war. Meine Leute mußten angenommen haben, ich wäre tot. Als ich meinen Kopf hob, sah ich nur fremde Menschen. Ein paar Meter vor mir sah ich, wie zwei kleine Kinder, die sich ganz fest an der Hand hielten und nach ihrer Mutter riefen, von der weiterstürmenden Menge über den Brückenrand in das Wasser gestoßen wurden.«

Die Frau richtete sich auf, sah über Ruth hinweg, und ihre

Stimme klang unangenehm blechern: »Kein Mensch, keine Mutter, kein Soldat, keine Frau kümmerte sich darum. Sie liefen weiter, sie sahen nicht einmal hin!«
Die Frau schloß die Augen. »Ich bin dann auch aufgestanden. Ich kroch, so gut ich konnte, bis an den Holzrand der Brücke. Ich sah nur noch etwas Buntes davonschwimmen. Es war wohl der Rock von einem der Kinder. Da hab ich angefangen zu schreien. Ich wollte nicht, aber es schrie aus mir, immerzu, und so laut, daß ich mir selbst die Ohren zuhielt. Ich weiß nicht mehr, wie lange, aber plötzlich schrie ich nicht mehr vor Entsetzen, sondern vor Schmerzen. Da wußte ich, daß ich das Kind zur Welt bringen mußte, und ich wurde vernünftig. Irgend jemand zerrte mich zur Seite, weil ich im Weg lag.
Es wurden immer weniger Menschen auf der Brücke. Ich kann mir nicht erklären, wo sie alle so schnell hingelaufen sind. Ein Teil ist wieder zurückgekommen und hat sich in dem nahe gelegenen Wald versteckt. Ich war mir klar darüber, daß ich mir einen schützenden Winkel suchen mußte, wenn ich das Kind lebend gebären wollte.
Ich vergaß die ertrunkenen Kinder, meine Leute, den Beschuß, ich dachte nicht einmal an die Russen.«
Die Frau machte eine Pause. Es war, als wenn sie selbst noch einmal darüber nachdenken müsse, wie sie wohl die ertrinkenden Kinder hatte vergessen können.
»Kannst du das verstehen?« fragte sie leise.
»Vielleicht ...«, sagte Ruth.
»Ich hab Durst. Ist noch etwas Milch übrig?«
Ruth reichte ihr eine Tasse mit dem Rest.
»Nicht weit von der Brücke fand ich einen Schäferwagen«, fuhr die junge Frau fort. »Dort habe ich es dann geboren, ganz allein. Es war kein Licht der Welt, was es erblickte, nur die Dunkelheit eines Schäferkarrens.«
»Aber wie sind Sie hierhergekommen?« Die Erzählungen der jungen Frau quälten Ruth.
»Etwa eine oder zwei Stunden später bin ich aufgestanden. Ich habe das Kind in mein Hemd gewickelt und ging über die Brücke, an Russen, Panzern, deutschen Soldaten vorbei.

Einmal hielten mich zwei Russen an. Sie redeten auf mich ein. Ich verstand kein Wort. Ich zeigte ihnen nur das Kind. Sie sahen sich an, und einer wies mir die Richtung. Er redete unentwegt. Er zeigte auch nach der anderen Seite, aber dabei schüttelte er mit dem Kopf. Ich ging einfach weiter. Ich war viel zu müde, um noch vor etwas Angst zu haben.«
»Haben die Russen Sie nicht festgehalten?« fragte Ruth.
»Nein. Ich ging ja auch in der Richtung zur Stadt, so wie es der eine von beiden mir gezeigt hatte. Eine Viertelstunde später begann es zu schießen. Ich dachte erst, nun ist alles vorbei und ich müßte doch noch mit meinem Kind sterben. Aber der Herrgott hat die Hand über uns gehalten, denn dort, wo ich lief, fiel kaum ein Schuß. Bis ich hier in die Stadt kam.«
Die Frau legte sich zurück. »Hab ich dir eigentlich schon gedankt?« murmelte sie. »Vielleicht hast du mir und dem Kind das Leben gerettet.«
»Ich glaube«, sagte Ruth zögernd, »daß eher der eine Russe Ihnen das Leben gerettet hat!«
»Wieso?«
»Na, der Ihnen den Weg gezeigt hat, der für Sie am sichersten war.«
»Du sagst, ein Russe hätte mir weiterhelfen wollen?«
»Sie haben es mir doch eben erzählt.« Ruth lächelte.
»Du meinst ...«, die junge Frau führte den Satz nicht zu Ende. Der Gedanke, daß ein Russe Mitleid mit einer Mutter und einem frisch geborenen Kind hatte, war ihr unfaßbar.
»Bis zu diesem Augenblick«, flüsterte die Frau, »habe ich immer gedacht, es wäre ein glücklicher Zufall gewesen.«
Bevor Ruth antworten konnte, hörte sie Kimmichs Schritte. Sie schaute zur Uhr, aber es war für Abiram zu spät. Es gab keine Ausrede mehr, um nach draußen zu kommen.
»Der Treck aus Ihrem Dorf ist hier. Ich habe auch ihre Leute gefunden und Bescheid geben können. Morgen früh bringe ich Sie hin. Heute hat es keinen Zweck mehr«, sagte Kimmich freundlich.
Die Frau drehte sich zur Wand, nahm ihr Kind in beide Arme und weinte. Kimmich deckte sie wortlos zu.

»Hat das Kind getrunken?« fragte er Ruth leise.
Sie konnte nur nicken. Befriedigt löschte er das Licht und nahm Ruth mit sich aus der Stube.

Antek hatte alle Möglichkeiten, die Ruth von ihrem Kommen hätte abhalten können, vorgebracht. Aber nachdem sie über eine Viertelstunde frierend in den Trümmern der Schillerstraße gewartet hatten, ging auch ihm die Geduld aus. Die Freunde froren in ihren Trainingsanzügen. Das Mondlicht hob gespenstisch Formen und Schatten wilder Verwüstung aus der Dunkelheit.
»Ihr habt wohl Angst?« sagte Antek provozierend, ein letzter Versuch, die Freunde zu weiterem Ausharren zu veranlassen.
»Ja«, sagte Zick trotzig, »ich hab keine Lust mehr, hier zu frieren und zu warten, bis mir die Ratten die Füße abfressen.«
»Die Zeit kann uns teuer werden, Antek«, gab Paule zu bedenken. Daß ihm die Dunkelheit ebenfalls auf die Nerven ging, behielt er für sich.
»Hier mitten in der Nacht zwischen Schutt und Steinen warte ich weder wegen Ruth noch wegen einem Juden«, sagte Willi. »Ich geh jetzt in den Keller. Wem's nicht paßt, der kann mich ...«
Er marschierte mit festem Schritt den Pfad entlang, bis zur Ruine der Schillerstraße 10. Paule und Zick folgten ihm. So gab es Antek schließlich auf, und vor den Freunden durch Ruths Unzuverlässigkeit blamiert, schloß er sich wütend an.
Als Abiram Willis Schritt durch das Kellerfenster kommen hörte, war sein erster Gedanke: die Wehrmachtsjacke. Er riß sie sich vom Leib und packte sie in die Kartoffelkiste. Er wußte nicht, kam Ruth mit oder nicht, was hatten die Jungen für Entschlüsse gefaßt, waren sie gegen ihn oder für ihn, und wieviel wußten sie von Ruths Versuchen, ihm zu helfen? Er setzte sich auf den Deckel der Kiste, die er so gerückt hatte, daß er die Tür im Auge behielt, und löschte die Kerzen.
Die Jungen rollten den Betonklotz, der Ruth am Nachmittag den Zugang zu Abiram verwehrt hatte, schnell zur Seite.

Antek räumte die letzten Hindernisse, die sie vor die Eisentür geschoben hatten, fort. Endlich lag der schmale Gang vor ihnen, der zur Speisekammer führte. Paule ging dicht hinter Willi. Der Lichtschein seiner Taschenlampe zuckte unruhig über die Wände.

»Leuchte doch auf den Boden, man fällt ja hin!« schimpfte Willi.

Gehorsam drehte Paule die Lampe nach unten, und Willi tastete sich, so schnell es ging, vorwärts. Plötzlich blieb Paule stehen und hielt Willi zurück. Sie waren am Ende des Ganges angelangt. Links konnten sie bereits die Latten des Verschlages erkennen.

»Seht mal da!« flüsterte Paule. Alle vier sahen gleichzeitig die im gelblichen Licht glänzenden Salamiwürste. Sie lagen ein paar Meter vor ihnen mitten im Gang, als hätte sie jemand auf der Flucht verloren.

»Verflucht, jetzt ist er weg«, schrie Willi. Mit einem Satz war er an der Lattentür. Er zerrte den Schlüssel aus der Tasche. »Ihr Idioten, ihr saublöden! Nur euretwegen ist mir der Jude durch die Finger gegangen. Wegen dem Weibergewäsch und Anteks Fimmel, den Gerechten spielen zu wollen. Da habt ihr nun die Bescherung! Die Speisekammer hat er uns auch noch ausgeräubert, dieses Schwein!«

Willi rüttelte an der Lattentür, aber die war zu. In seinem Zorn dachte er gar nicht darüber nach, wie denn der Jude hätte herauskommen sollen, solange die Tür versperrt war. Er fingerte wild an dem Schloß herum, bis die Tür aufflog.

Paule, dem sofort klar war, daß Abiram noch in der Speisekammer sein mußte, hatte blitzschnell den Raum abgeleuchtet. Ihm war die Gestalt auf der Kiste nicht entgangen. In der Hoffnung, Willi einen Schreck zu versetzen, schwieg er. Auch Antek und Zick hatten Abiram noch nicht erspäht.

»Na, was hab ich euch gesagt! Weg, einfach weg«, schnaubte Willi. Er suchte nach Paule. »Komm mit deiner Funzel her!« Paule kam nicht. Er blieb an der Tür stehen, um so die Situation besser übersehen zu können.

»Was brüllst du so albern«, sagte Antek ärgerlich, denn er hatte Ruth im Verdacht. »Schließlich haben wir ihn eingesperrt. Ist doch klar, daß er versucht hat, abzuhauen. Hätte ich auch getan.«
»Was? Du vergleichst dich mit einem Juden?«
»Hör mit deiner Quatscherei auf, Willi!«
Willi hörte nicht auf. »Wenn ich diesen Kerl in die Finger bekomme, dann ...« Er wußte so schnell keine Strafe, die ihm schlimm genug für Abiram erschien. Er drehte sich hastig um. Sein ausgestreckter Arm schlug gegen etwas Weiches, Warmes. Er schrie vor Entsetzen auf. Zick jagte sofort bis zur Tür. Paule kicherte vor sich hin und hielt die Lampe so, daß alle Abiram sehen konnten.
»Ich weiß nicht, was hier noch komisch sein soll!« fuhr Willi Paule an.
»Ach, du verstehst auch gar keinen Spaß«, sagte der und zündete die Kerzen an, die er neben Abiram auf der Kiste fand.
»Seht euch doch bloß mal Willi an, der kriegt kein Wort 'raus.«
»Abiram auch nicht«, sagte Antek, »wirklich sehr lustig.«
Zick kam langsam aus dem Gang zurück. Er hatte die Salamiwürste in den Händen und legte sie zu Abiram auf die Kiste. »Warum hast du die denn 'rausgeschmissen?« fragte er.
Abiram gab keine Antwort. Er versuchte, jeden Winkel zu durchforschen, ob nicht Ruth vielleicht doch irgendwo auftauchen würde. Er fühlte die wachsende Gefahr durch ihre Abwesenheit, Willi hatte sich mit seinen Drohungen verraten.
»Du hast überhaupt nichts zu fragen, Zick«, herrschte Antek den Kleinen an.
Er schob ein leeres Bord heran, das niedrig genug war, um als Bank zu dienen. Willi setzte sich auf die äußerste Kante.
Paule hatte den Juden eher gesehen als er. Vor diesem Minderwertigen hatte der Freund seinen Scherz mit ihm getrieben, um ihn, Willi, lächerlich zu machen.

Antek holte Kerzen aus der Tasche. Er mußte sie im Alumnat organisiert haben. »Steh auf«, sagte er zu Abiram. Die Kerzen gaben helles Licht.
Abiram machte keine Anstalten, sich zu erheben. Er wußte, welches Risiko es bedeutete, wenn er von der Kiste aufstand, in der er den Uniformrock versteckt hatte. Instinktiv fühlte er, daß Antek der einzige unter den Jungen war, der ihm nicht nur Haß entgegenbrachte. Trotzdem zögerte er. »Steh auf«, wiederholte Antek sachlich, »und stell dich dort hin!«
Er wies auf die Lattenwand neben der Tür.
Willi schloß diese wortlos ab und setzte sich wieder.
»Wenn du willst, daß wir dich anständig behandeln, dann tu gefälligst, was ich dir sage!«
Abiram spürte Anteks Ungeduld. Langsam erhob er sich und lehnte sich gegen die Wand. Gegenüber stand die Bank, auf der die vier Jungens Platz genommen hatten. Willi, breitbeinig, die Ellbogen auf die Knie gestützt, den Blick unverwandt auf das Opfer an der Wand gerichtet. Paule, ein wenig zu lässig, seitwärts sitzend. Zick drückte Spannung und Neugier zugleich aus. Er saß, den Oberkörper vorgebeugt, die Knie zusammengedrückt, dicht neben Antek. Antek wußte nicht recht, wie er mit dem Verhör beginnen sollte. Abiram stand stumm mit schief gehaltenem Kopf. In seiner Magerkeit wirkte er gegen die vier wohlgenährten Knaben geradezu armselig. Sein schwarzes Haar, das lang über die Ohren hing, schimmerte im Kerzenlicht.
»Du kannst uns ruhig ansehen und brauchst nicht da zu stehen, als wenn wir dich aufhängen wollten!« entfuhr es Antek.
Abiram bewegte sich nicht.
»Also, fangen wir an«, schlug Antek vor.
»Es wird auch Zeit«, brummte Willi. »Das Theater, das du hier abziehst, ist albern.«
Antek sah Abiram an. »Bevor wir zu einem Entschluß kommen, möchten wir einiges von dir wissen. Es liegt an dir, die Fragen wahrheitsgemäß zu beantworten. Ich rate dir in deinem Interesse, nicht zu lügen und jedem von uns Rede und

Antwort zu stehen. Denn nur dann können wir die ganze Sache vor uns verantworten.«
Abiram rührte sich noch immer nicht. Keiner der vier Jungen wußte, ob er begriff, wieviel Gerechtigkeit sie ihm, einem Judenjungen, zubilligten. Sein Schweigen reizte sie.
»Wie heißt du?« begann Antek.
»Abiram Rother.« Der Gefragte sah die vier der Reihe nach an.
»Wo kommst du her, was sind deine Eltern, und wo sind sie?«
»Geboren bin ich in Berlin. Als ich sechs Jahre alt war, wurde mein Vater in ein Konzentrationslager eingeliefert. Er war Juwelier.«
»Was ist das, ein Konzentrationslager?« unterbrach Willi.
»Du weißt nicht, was das ist?« fragte Abiram. Er konnte nicht glauben, daß ein Hitlerjunge nicht wußte, was ein KZ ist.
»Ich hab zu fragen, nicht du!« herrschte Willi.
»Dann werde ich es dir sagen!« Abiram trat einen Schritt vor, so daß seine zerfetzten und viel zu großen Schuhe dicht vor Willis schwarzen Stiefeln standen. Er beugte sich zu Willi herunter, bis sie einander gegenüber waren. Willi war es nicht möglich, dem Geruch aus Abirams schmutziger Kleidung zu entgehen, sogar den Atem des Juden spürte er im Gesicht.
»An die Wand!« rief Willi angeekelt.
»Ein Konzentrationslager«, fuhr Abiram fort, ohne sich um Willis Befehl zu kümmern, »ist ein Lager, wo du zwar hinein, aber selten wieder herauskommst. Dafür kannst du auf verschiedene Arten sterben.«
Abiram kam noch dichter heran. Willi hielt ihn sich mit beiden Fäusten vom Leib.
»Du kannst erschlagen werden oder verhungern, du kannst zu Tode gefoltert oder erschossen werden oder vergast, abgespritzt, verbrannt, erwürgt ...«
»Hör auf!« Willi schüttelte Abiram wie einen Hund und stieß ihn schließlich gegen die Wand.
»Unverschämte Lügerei!« schrie er außer sich.
Aber Antek war schon aufgesprungen und drückte Willi auf die Bank zurück.

»Wo ist dein Vater jetzt?« fragte Antek.
Abiram lehnte an der Wand und umklammerte die Latten.
»Vergast«, flüsterte er. Seine Augen wichen den Blicken der vier Jungen nicht aus.
»Und deine Mutter?« zwang sich Antek zur nächsten Frage.
»Die wurde in einer Turnhalle erschossen ... ich stand daneben.«
Antek wandte sich ab. Er hatte keine Fragen mehr. Abirams nüchterne Art bewies ihm die Wahrheit. Beschämt empfand er sein lächerliches Unterfangen, hier richten zu wollen, und zog sich schweigend ein Stück zurück.
Da Antek nichts mehr wissen wollte, glaubte Paule, an der Reihe zu sein.
»Woher weißt du, daß dein Vater vergast wurde?« begann er zögernd.
»Durch einen Kassiber.«
»Was ist das für ein Quatsch?« fuhr Willi dazwischen, der sich nichts unter einem Kassiber vorstellen konnte.
»Das ist ein Brief oder ein Zettel, der aus dem Lager herausgeschmuggelt wird.«
»Und warum hat man das mit deinem Vater gemacht?« fragte Paule, der sich nicht noch mal von Willi unterbrechen lassen wollte.
»Weil er Jude war!«
Paule schüttelte unbefriedigt den Kopf. »Das ist doch kein Grund!«
»Doch, seit zwölf Jahren!«
Fragend sah Paule nach hinten zu Antek. »Dann hättest du ja recht mit dem, was du im Waschraum gesagt hast.«
Antek nickte.
Paule fühlte sich beklommen und spürte plötzlich nicht mehr die geringste Lust, den Juden weiter zu verhören. Er hielt seine Handflächen aufwärts, als wolle er sagen: Macht, was ihr wollt, mir ist es egal.
Zick war an der Reihe, den Juden zu fragen. Aber es wollte ihm nichts einfallen. Er kaute auf seiner Unterlippe und schielte zu Willi, der breitbeinig neben ihm saß.

»Wenn du nichts weißt, Zick, kommt Willi dran«, sagte Antek.
»Natürlich weiß ich was!« Zick starrte den Juden ratlos an, als könne der ihm die Frage von den Lippen lesen. Es würde nicht mehr lange dauern und er hätte wieder mal bewiesen, daß er doch nicht ernst genommen werden konnte. In ihm stieg der Zorn über Abiram hoch. Warum war der auch ausgerechnet in diesen Keller gekommen? Da wußte Zick plötzlich, was er den Juden fragen würde. Die Wichtigkeit des Augenblicks gab seiner Stimme Kraft. »Wenn du mit deiner Mutter in der Turnhalle warst, und sie ist dort erschossen worden, wieso bist du dann hier?«
»Richtig«, platzte Willi in die Frage hinein, stieß Zick zur Seite und pflanzte sich vor Abiram auf. »Wenn du verhaftet worden bist, wieso befindest du dich jetzt in Freiheit?«
»Weil ich leben will, genau wie du!«
»Das ist vielleicht eine dämliche Antwort«, höhnte Willi.
»Findest du?« fragte Abiram.
»Werd nicht frech!« schrie Willi. Jetzt war er dran, und er würde den Freunden beweisen, daß es wichtigere Dinge gab als Mitleid.
Zick war allein auf der Bank geblieben. Er fühlte sich überflüssig, und während Willi auf den Juden einredete, schob er sich davon. Abirams Antworten gingen ihm nicht aus dem Kopf. Nachdem man die Mutter totgeschossen hatte, war das doch wirklich keine dämliche Antwort. Zick überlegte, wie es sein mußte, wenn die Mutter tot neben einem liegt und man ganz allein bleibt. Plötzlich fand er Willi gemein.
Willi, der das Schweigen der Freunde als Zustimmung nahm, begann von neuem: »Du wurdest also mit deiner Mutter verhaftet und bist ausgebrochen.«
Willi unterstrich jedes Wort mit einem Fausthieb auf das Bord. Gläser und Flaschen klirrten. Er kam auf Abiram zu.
»Es ist damit bewiesen«, fuhr er fort und stellte sein Bein auf den Holzdeckel, »daß du dich durch deine Flucht aus der Haft ...«
Weiter kam Willi nicht. Der Deckel der Kiste, die Abiram

nicht mehr richtig hatte verschließen können, hielt Willis Gewicht nicht stand und schlug zurück. Willi rutschte ab. Sein Fuß trat in die Uniformjacke. »Ja, was haben wir denn hier?« rief er, zog die Jacke aus der Kiste und hob sie in das Licht der Kerzen.
»Da habt ihr euren Beweis!« triumphierte er mit überschlagender Stimme, »ein Spion ist dieser Jude, der euch mit seinen Ammenmärchen von dem vergasten Vater und der erschossenen Mutter weich machen wollte. Oder gehört sie einem von euch?«
»Das ist nicht wahr, glaubt ihm nicht!« schrie Abiram.
Er packte Willi an der Schulter.
»Rühr mich nicht an, du Schwein!«
»Ihr seid verrückt, ich bin kein Spion. Die Jacke gehört mir nicht!«
»So«, lachte Willi, »kannst du dann vielleicht meinen Freunden und mir sagen, wie diese Jacke hierher gekommen ist und wem sie gehört?«
Abirams Blick hing flehend an Antek.
»Ich kann es nicht sagen, aber glaubt mir doch. Ich bin kein Spion«, und er fügte leise hinzu: »Das Mädchen ...«
»Ach so, das Mädchen«, höhnte Willi weiter, »die fehlt dir wohl jetzt, was? Der könntest du vielleicht etwas vormachen. Die gehört ja auch zu der Bande der Verräter, aber bei meinen Freunden und mir hast du kein Glück!«
Als Antek Abiram leise »das Mädchen« sagen hörte, wußte er sofort, daß Ruth hier gewesen sein mußte. Er wußte zwar nicht, um was es ging, er wußte nur das eine: Der Jude war unschuldig.
Antek riß Willi die Jacke aus der Hand. »Schluß mit deiner Schreierei! Wir haben sie uns lange genug angehört. Die Jacke ist kein Beweis. Er war ja die ganze Zeit hier eingeschlossen!«
Antek stellte sich vor Abiram.
»Du fällst Paule auf den Wecker, seitdem du dein Maul aufreißt und einen Unsinn à la Jähde absonderst«, sagte Paule gelangweilt zu Willi und trat hinter Abiram.

»Jetzt begreif ich«, flüsterte Willi und wich Schritt für Schritt rückwärts.
»Gar nichts begreifst du«, rief Antek ungeduldig.
Da war Willi schon an der Tür. Ehe sich die Freunde besannen, hatte er aufgeschlossen, die Tür hinter sich zugeschlagen und den Schlüssel rumgedreht.
»Verräter«, keuchte er von draußen, »ihr schmierigen, elenden Verräter alle zusammen!« Es war nicht zu unterscheiden, ob Verachtung oder Enttäuschung hinter seinen Worten steckte. »Ihr verdient es ja nicht anders.«
»Willi«, Antek rüttelte an der Lattentür, »schließ auf und mach keine Dummheiten!«
Willi schüttelte den Kopf. »Nein«, sagte er, »jetzt macht ihr mir nichts mehr vor. Du hast gelogen. Ihr alle habt mir was einreden wollen. Aber ihr steckt mit dem Juden unter einer Decke. Im Waschraum hast du mich seinetwegen geschlagen«, er schluckte, »und ich hab dir geglaubt und gedacht, wir wären Freunde!«
»Hör auf, du Idiot«, fuhr Paule wütend dazwischen, »und spar dir dein sentimentales Gewäsch. Schließ auf, damit die Sache in Ordnung kommt!«
»Die Sache kommt in Ordnung, viel schneller als ihr denkt.« Willi drückte sein Gesicht an die Latten. »Ich werd euch alle einsperren lassen«, flüsterte er, »und du, Paule, wirst mir für den Nagel doppelt büßen. Glaub nicht, daß ich das vergessen habe.«
»Du willst uns mit anzeigen?« rief Zick und preßte seine Hände vor den Mund.
Willi wog den Schlüssel in der Hand. Dann verschwand er.
»Er läuft fort!« Zick trat gegen die Latten.
»Er hat uns eingeschlossen. Das kann er doch nicht ernst meinen!«
Zick rannte im Keller hin und her, bis Antek ihm beruhigend seinen Arm um die Schulter legte.
»Doch, das kann er, Zick!« Antek sah über Zicks Kopf hinweg zu Abiram, »genauso wie wir den Juden eingesperrt haben.«

Antek wandte sich zu Paule, der Zicks Verzweiflung beobachtet hatte.
»Siehst du jetzt noch einen Unterschied zwischen Abiram und uns?« fragte er.
»Ja, seh ich!« Paule tänzelte kichernd um die drei herum. Er kostete den Augenblick bis zum letzten aus. »Es gibt zwar keinen Unterschied zwischen dir, Abiram und Zick«, er tippte jedem mit theatralischer Geste auf die Schulter, »aber es gibt einen Unterschied zwischen euch und Paule!«
»Er ist übergeschnappt«, seufzte Antek.
»Wenn wir uns alle zusammen gegen die Tür werfen, haben wir vielleicht Glück«, schlug Abiram vor.
Paules Augen leuchteten vor Vergnügen. »Wollt ihr nicht den Unterschied wissen?«
»Mensch, hör auf«, sagte Antek.
Da hielt ihm Paule einen funkelnagelneuen Schlüssel vor die Nase.
»Auch mal riechen?« fragte er jetzt Abiram, lachte und klopfte ihm fröhlich auf die Schulter.
»Na, sag selber, ist das ein Unterschied?«
Abiram sah in fassungslos an.
Paule steckte den Schlüssel in das Schloß, ließ die Tür weit zurückspringen und verbeugte sich mit der Vollendung eines Dieners. »Bitte schön, vielleicht wollen der Herr ein wenig Freiheit?«
»Paule«, lachte Antek, »wie hast du das bloß gemacht?«
Er wußte nicht, ob er dem Freund um den Hals fallen sollte. Auf alle Fälle stieß er ihn kräftig in die Seite. Zick legte seinen Arm um Paule und hopste mit ihm herum. Paule griff nach Antek und der nach Abiram. Sie schlugen sich gegenseitig auf die Schultern und boxten sich, bis sie ganz erschöpft waren.
»Wo hast du denn den Schlüssel her?« fragte Zick, noch ganz außer Atem.
»Später«, winkte Antek ab, »jetzt müssen wir hier raus, Willi kann jeden Augenblick wiederkommen.«
Paule war enttäuscht. Er wollte gerade einen Beweis seiner Gerissenheit geben. Aber Antek hatte recht.

»Jeder nimmt soviel von dem Zeug hier mit, wie er tragen kann. Damit wir für Abiram eine Reserve haben.«
»Wo soll er denn hin?« wollte Zick wissen.
»Weiß ich nicht, jedenfalls hier raus!« Anteks Blick fiel zufällig auf den Uniformrock. Er hob ihn auf und klopfte ihn ab.
Alle verstummten.
»Ja, die Jacke ...«, sagte Abiram unsicher. Das Mädchen durfte er nicht verraten.
»Hat Ruth sie dir gebracht?« fragte Antek stockend. »Es ist anständig von dir, daß du sie nicht verraten willst. Das kann dich unter Umständen die Freiheit kosten, vielleicht mehr.«
»Ja«, sagte Abiram.
Antek nickte und gab Abiram den Uniformrock zurück. »Uns kannst du es ruhig erzählen. Du siehst ja, daß wir dir helfen wollen.«
Paule grunzte. Abiram konnte daraus weder eine Zustimmung noch eine Ablehnung erkennen. Er traute keinem und schwieg beharrlich weiter.
»Also gut«, sagte Antek, »wenn dir das noch nicht genügt, wir – ich meine, Ruth und ich –«, er machte eine winzige Pause und begann zu lügen, »wir hatten nämlich ausgemacht, daß sie dir helfen sollte, hier herauszukommen. Wegen Willi mußten wir das so drehen. Kapierst du jetzt?«
»Das hast du mit Ruth ausgemacht?« staunte Zick.
»Quatsch nicht dazwischen!« Antek wurde grob. »Sie hat es so idiotisch angestellt, wie sie nur konnte. Ich möchte wissen, was sie sich dabei gedacht hat! Dabei wollte sie vorhin noch mit uns kommen.« Er sah zu Abiram. »Sie wird schon gewußt haben, warum sie zu Hause geblieben ist.«
»Was willst du damit sagen?« fragte Abiram.
»Ist ja egal«, antwortete Antek schnell, »wir sind ja jetzt da! Was glaubst du, warum Paule den Zweitschlüssel organisiert hat?«
Paule blies vor Staunen die Backen auf.
Antek fuhr fort: »Doch bloß, um dich hier rauszuholen!«
»Das ist ja ein dolles Ding!« stotterte Paule und hielt den

letzten Kerzenstummel dicht vor Anteks und Abirams Gesicht. Er wollte wissen, was hier eigentlich gespielt wurde und wieso Antek dazu kam, ein solches Bündel von Lügen aufzutischen.
Paule sah, wie Abiram vertrauensvoll lächelte, wie Antek beschwörend den Finger auf den Mund legte. Da verstummte er.
Abiram, der nicht mehr an der Aufrichtigkeit der Jungen zweifelte, schilderte in kurzen Sätzen, was sich zugetragen hatte.
»Und für die Würste«, schloß er seinen Bericht, »wollte der Soldat das Schloß aufbrechen. Aber weder der Soldat noch Ruth sind zurückgekommen.«

Willi war froh, Paules Taschenlampe mitgenommen zu haben. Er fühlte sich sehr allein, als er, nur noch von seinem Schatten gefolgt, durch die Nacht lief. Die Pfade zwischen Trümmern und Schutt schienen ihm unendlich. Er begann zu pfeifen, einen zackigen Marsch. Aber mitten in der Nacht machte ihm dieses Kampflied auch keinen Mut.
Es ist verrückt zu pfeifen, dachte Willi, das kann jeder hören. Er begann zu summen, gerade so laut, daß es nur seine eigenen Ohren wahrnahmen. Willi dachte an den Tag, als er zum erstenmal vom Vater die Uniform der Hitlerjugend angezogen bekam. Damals war er acht Jahre alt und ging noch nicht ins Alumnat. Es war ein Frühlingssonntag. Die Mutter hatte zum erstenmal ein Sommerkleid an, und alle Menschen waren guter Laune. Eigentlich hätte Willi erst am Nachmittag die Uniform anziehen dürfen, denn erst dann fand die Feier statt, in der er zum Pimpf vereidigt werden sollte. Aber Willi bettelte so lange, bis er schon am Vormittag seine Uniform anziehen durfte. Das braune Hemd, ein wenig zu groß, weil es auf Zuwachs gekauft worden war, dazu die schwarze Hose mit Koppel und Schulterriemen. Er hatte immer wieder über das silberglänzende Hakenkreuz im Koppelschloß gestrichen. Obwohl es neu war, erschien es Willi nicht blank genug. Er ging in die Küche und putzte es,

bis er sich darin spiegeln konnte. Nur den Schlips durfte er noch nicht anlegen. Dazu mußte er erst einige Zeit Pimpf gewesen sein. Aber probieren konnte er ihn. Als der Vater zum Frühstück kam, grüßte Willi mit strammer Haltung: »Heil Hitler!« Der Vater grüßte lachend zurück, dann nahm er ihm den Schlips ab. »Damit spielt man nicht«, sagte er und legte ihn wieder in den Schrank.
Willis Eltern wohnten in der Nähe des Güterbahnhofs. Direkt hinter dem Haus lag eine vielbefahrene Gleisstrecke, der Bahndamm gehörte zu Willis Lieblingsplätzen. Stundenlang konnte er dasitzen und die vorbeifahrenden Güterwagen zählen oder den Soldaten winken, die in ihren Transporten von Ost nach West oder von West nach Ost vorbeikamen. Er bewunderte die großen Geschütze, Panzer und Kübelwagen, die an ihm vorbeisausten. Später freute er sich über die Losungen auf den Lokomotiven: »Räder müssen rollen für den Sieg!«
Einmal am Tag kam ein D-Zug vorbei. Willi liebte diesen Zug am meisten. Wenn er sich eine Minute vor der Durchfahrt auf den Boden an das Gleis legte und das Ohr an den Schotter preßte, dann konnte er ein leichtes Vibrieren spüren, das schnell zu einem Dröhnen wuchs, bis es sich in rollendes Getöse verwandelte. Dann war es Zeit, daß Willi sich den halben Damm hinunterkugeln ließ, um nicht erfaßt zu werden. Ein gefährliches, verbotenes, wunderbares Spiel. Jedesmal das gleiche Prickeln, so lange wie möglich in der Nähe des Gleises zu bleiben.
So konnte Willi es sich auch an einem Sonntag nicht verkneifen, an den Bahndamm zu gehen, zumal er das neue schöne Pimpfenhemd mit dem Koppel trug. Es war früh am Vormittag und noch ein halbe Stunde Zeit, bis der Zug planmäßig vorbeifahren mußte. Aber der Augenblick, sich unbemerkt zu dem verbotenen Bahndamm zu schleichen, war gerade günstig. Wartend saß er am Hang im Gras, seine Hände umschlossen stolz das Koppel.
Endlich vernahm er in der Ferne das dumpfe Stoßen. Willi richtete sich auf. Das war kein D-Zug. Er sah enttäuscht die

regelmäßig aufsteigenden schwarzen Rauchschwaden einer Güterlokomotive. Aber je näher der Zug kam, umso mehr verlangsamte er die Fahrt, um schließlich in Willis Höhe mit quietschenden Bremsen zu halten. Willi erkannte sofort, daß es ein Viehtransport war. Er kroch den Bahndamm hinauf. Vielleicht konnte er irgendwo durch einen Ritz schauen. Als er das Gleis erreichte, sah er, wie SS-Männer mit Gewehren im Anschlag vom Zug sprangen. Sie beobachteten die Türen der Güterwagen, als ob jeden Moment etwas Gefährliches herauskommen könnte. Ohne viel zu überlegen, ging Willi in Deckung und blieb von den Männern unbemerkt. Er verhielt sich ganz still. Nun hörte er deutlich Geräusche aus den Waggons. Plötzlich begriff Willi, daß dieses Rumpeln und Stöhnen in den Wagen gar nicht von Rindern, Schafen, Schweinen oder gar Pferden kommen konnte. Es klang anders, seltsam fremd.

Die SS-Männer gingen auf die andere Seite des Zuges. Mit einem Satz war Willi am Gleis. Das Signal zeigte keine Einfahrt. Er fand genug Zeit, den Dingen auf den Grund zu gehen. Als er dicht vor einem der Waggons stand, hörte er deutlich ein Jammern. Auf einmal hatte er das Gefühl, beobachtet zu werden. Verwirrt sah er zu den Luftklappen des Viehwagens auf und sah mit Schrecken zwei Augen auf sich gerichtet. Willi wollte fortspringen.

»Lauf nicht weg, Kleiner«, tönte es dumpf aus dem Wagen. Sofort setzte das Jammern aus.

Hinter der Tür sind Menschen, schoß es Willi durch den Kopf. Auf der anderen Seite des Zuges liefen die SS-Männer auf und ab.

»Mach uns die Tür ein paar Zentimeter auf«, flüsterte es durch die Luftklappe. »Wir kriegen keine Luft!«

Willi starrte hinauf.

»Mach schnell!«

Totenstille im Waggon. Willi ging zur Tür. Er rüttelte vorsichtig, aber sie rührte sich nicht.

»Du mußt den Riegel hochschieben!« kam es von innen.

Willi sah sich um. Nicht weit von ihm lag ein Stock. Mit ihm

erreichte er das Eisen. Er stemmte sich mit aller Gewalt dagegen. Jetzt sah er auch hinter den anderen Luftklappen Augenpaare.
Er bekam Angst. Da löste sich der Riegel und sprang zurück. Ein schrecklicher Gestank schlug Willi entgegen. Plötzlich saß ihm eine feste Hand im Genick und drehte ihn um. »Was machst du hier, Bürschlein?« brülle ein SS-Mann und trug ihn am Kragen vom Bahndamm herunter. Dann ging alles sehr schnell. Minuten später war der Vater da. Wortlos schnallte er sich den Gürtel ab und schlug in Gegenwart des Schrankenwärters auf Willi ein. Dann schleppte ihn der Vater nach Hause. Als die Mutter sie kommen sah, fing sie an zu weinen.
»Wer hat dir gesagt, daß du dir an dem Waggon zu schaffen machen sollst?« schrie der Vater hinter verschlossener Tür.
»Da waren Menschen drin«, schluchzte Willi, »die haben gesagt, sie ersticken. Ich soll ihnen ein paar Zentimeter die Tür aufmachen.«
»Zieh deine Uniform aus. Du bist es nicht wert, sie zu tragen. Du hast diesem Gesindel von Volksverrätern, die in Arbeitslager kommen, Mitleid gezeigt.«
Willi zog sich aus, bis er in Unterhosen vor dem Vater stand.
»Hart wie Kruppstahl muß unsere Jugend sein. Solche Waschlappen wie dich kann der Führer nicht gebrauchen. Merk dir das!«
Der Vater hatte ihn ins Bett geschickt, während die Kameraden Pimpfe wurden.
So verlassen und allein wie er damals war, fühlte er sich jetzt. Vor Willi lag die Pforte des Stadttors. Er merkte, daß er immer noch vor sich hin summte. Erschrocken verstummte er, denn ohne es zu wissen, hatte er Kimmichs Motette gesungen:

> Jeder hat's gehabt, keiner hat's geschätzt,
> Jeden hat der süße Quell gelabt ...
> Oh, wie klingt der Name Friede jetzt! ...

»Hart wie Kruppstahl«, schrie es in Willi, und er schämte sich, daß ihm Kimmichs Melodie über die Lippen gekommen war.

»Hart wie Kruppstahl«, das hatte sich Willi geschworen, als er später Pimpf wurde. Jetzt war es an der Zeit zu beweisen, wie hart er geworden war. Jetzt konnte der Vater stolz auf seinen Sohn sein. Heute brauchte er nicht den Gürtel abzuschnallen und ihn zu schlagen, weil er Mitleid mit Volksverrätern zeigte. Die Lehre, die ihm der Vater damals gegeben hatte, mußte er nun an die Freunde weitergeben, damit sie lernten, an der eigenen Schmach hart zu werden.

Als Willis Faust gegen die Haustür schlug, taumelte Blockleiter Feller schlaftrunken aus seinem Bett.
»Wieder mal die Klingel kaputt.« Er fuhr wütend in seine Hosen und riß das Fenster auf. »Schlagt mir noch die Tür ein! Ihr werdet es wohl erwarten, bis ich runterkomme!«
Groß war sein Erstaunen, als er einen einzelnen Jungen vorfand, dem Krach nach hatte er ein halbes Regiment erwartet.
»Blockleiter Feller, ich möchte eine Meldung machen!«
»Ja, du Bengel, du verfluchter, wo kommst du denn her? Bist du nicht einer vom Alumnat?«
»Ja, aber das hat mit dem, was ich Ihnen zu melden habe, nichts zu tun.«
»Willst du deine Meldung nicht lieber Rektor Jähde machen?« fragte Blockleiter Feller und geriet in Zorn über die Frechheit, aus dem Schlaf geholt worden zu sein.
»Wollen Sie damit sagen, Herr Feller«, antwortete Willi, »daß Sie sich in diesen ernsten Zeiten weigern, nachts die Meldung eines Hitlerjungen entgegenzunehmen?«
»Na na«, sagte Feller begütigend, »du hast es ja mächtig wichtig.«
Er ließ Willi herein.
»Also?« fragte er.
Der Aufzug des Blockleiters erschien Willi nicht sehr würdig. Die Hose war halb zugeknöpft, und das Nachthemd hing über den Bund. Das unrasierte Gesicht war vom Schlaf verschwollen, und die Haare hatten sich in lächerlichen Borsten vom Hinterkopf nach vorn gelegt. Die Hände mit den kurzen

Fingernägeln hatte der Blockleiter über dem Bauch gefaltet. In der Stube roch es nach kalten Kartoffeln und Tabak.
»Vielleicht fängst du bald an!«
»Ich habe einen flüchtig gewordenen Juden gestellt!«
»Was hast du?« Feller hielt den Kopf seitlich, eine Hand am Ohr, als wenn er dadurch Willis Nachricht besser hören könne. In seiner Verblüffung wirkte er töricht. Er räusperte sich.
»Es handelt sich um einen sechzehnjährigen Jungen, der im Besitz einer deutschen Wehrmachtsuniform ist und damit im Verdacht steht, ein Spion zu sein.«
Der Blockleiter lachte. Er nahm Willi nicht ernst. Das Ganze klang eher nach einem Dumme-Jungen-Streich. Ein Jude in Uniform, und dann noch von einem Alumnatsschüler entdeckt – das schien Blockleiter Feller sehr komisch.
»Sag mal, Junge, das glaubst du doch selber nicht!« sagte er und wußte nicht recht, was er mit Willi machen sollte.
»Den Juden habe ich mit seiner Uniform in einen Keller eingesperrt. Hier ist der Schlüssel.«
»Und wo?«
»In einem Ruinenkeller der Schillerstraße.«
Willi konnte seinen Zorn über den lachenden Feller kaum verbergen. »Wenn Sie nicht mitkommen wollen und sich widersetzen, die Sache in die Hand zu nehmen, dann geh ich zu Kreisleiter Hoffmann!«
»Halt's Maul! Wer sagt, daß ich nicht mitkomme«, knurrte Feller. Er stieß unwillig die Tür zum Schlafzimmer auf und schrie: »Mama, bring mir meine Uniform!«
Dann hielt er seinen feisten Nacken unter den Hahn und ließ das kalte Wasser über Kopf und Genick laufen.
»Wenn du gelogen hast, mein Lieber«, er blies schnaubend die Tropfen aus den Nasenlöchern, »dann kannst du aber Blockleiter Feller kennenlernen. Spaßen laß ich mit mir nicht!«
Willi hatte dafür nur ein Lächeln.
Eine rundliche Frau mit einer kurzen Nachtjacke über dem Flanellnachthemd kam mit Fellers Uniform.

»Was ist denn schon wieder los? Nicht mal in der Nacht hat der Mensch Ruhe!«
Sie musterte Willi mißtrauisch.
»Das verstehst du nicht, Mama«, sagte Feller. Er zog die braunen Breeches, die ihm sein Weib geduldig hinhielt, an.
»Eventuell Spionagefall«, ergänzte er.
Plötzlich wurde Willi klar, daß er die Freunde mit keinem Wort erwähnt hatte. Wenn Feller sie jetzt im Keller entdeckte – wie sollte er ihr Vorhandensein erklären? »Spionagefall«, hatte Feller mit Entschiedenheit gesagt. Wenn die Freunde mit dem Juden verhaftet würden, könnte es übel für sie ausgehen. Willi ging nachdenklich auf und ab.
Eigentlich müßte der Denkzettel, den er den Freunden gegeben hatte, als er sie mit dem Juden einschloß, genügen, um sie zur Vernunft zu bringen. Jetzt mußte ein Ausweg gefunden werden.
»Gehen wir«, sagte der Blockleiter.
Den Weg zur Ruine legte Willi schweigsam zurück. Er gab dem Blockleiter kaum Auskunft.
»Überzeugen Sie sich selbst. Verhören Sie den Juden. Meine Aufgabe ist es nur, Ihnen die Angelegenheit zu melden.«
»Und wie bist du in den Keller gekommen?«
»Ich bin dem Juden nachgelaufen. Er hat sich dort versteckt.«
Sie durchquerten das Stadttor. Willi wußte immer noch nicht, wie er die Freunde heraushalten sollte. Plötzlich war er sehr müde. Er sehnte sich nach seinem Bett und danach, daß die Sache mit dem Juden nur ein Traum sei.
»Was war das?« Der Blockleiter blieb stehen und entsicherte den Revolver.
»Einbildung«, sagte er und ging weiter.
»Haben Sie schon viele Leute verhaftet?« begann Willi ein Gespräch.
»Du bist zu neugierig, mein Junge!«
»So hab ich das nicht gemeint«, beeilte sich Willi, »ich wollte nur wissen, was man dabei denkt.«
Blockleiter Feller schüttelte verwundert den Kopf. »Was sollte es da zu denken geben?«

»Ja, natürlich«, Willi ärgerte sich über seine Frage. Aber wenn die Freunde von Blockleiter Feller mitverhaftet würden?
Die Umrisse der Ruine waren gegen den schwarzblauen Nachthimmel deutlich erkennbar.
»Dort!« sagte Willi mit heiserer Stimme.
Ob Zick jetzt heulte, schoß es ihm durch den Kopf.
»Geh du vor«, sagte Feller.
Willi schlich den Gang entlang. Wenn er die Freunde vor dem Blockleiter vielleicht als Aufpasser ausgeben würde?
»Ist der Kerl allein?« fragte Feller.
Willi antwortete nicht. Sein Herz klopfte. Dort waren die Latten, die Tür, und noch immer kein Laut. Sie hatten bestimmt Angst. Aber nur der Jude würde dran glauben müssen. Der Jude ...
Feller nahm Willi die Lampe ab und ließ sie durch den Keller kreisen. Die Lattentür stand halb offen. Der Blockleiter stieß sie auf.
Gähnende Leere.
»Wo geht's jetzt lang?« fragte der Blockleiter ungeduldig und leuchtete die Wände ab. Sekunden verharrte der Schein der Lampe auf einer Speckseite.
»Hier«, stammelte Willi, »hier war es, hier«, und er zeigte auf die Tür, »hier habe ich sie eingeschlossen.« Er suchte nach Kerzen. »Vielleicht haben sie sich versteckt!« Willi nahm dem Blockleiter die Lampe ab und suchte jede Ecke ab.
»Sie müssen hier sein, ich habe sie doch eingeschlossen«, flüsterte er fassungslos. Aber er fand nichts, weder den Juden noch die Freunde, sogar von den Lebensmitteln war nur noch die Hälfte da. Blockwart Feller sagte kein Wort. Mit in die Seiten gestemmten Händen betrachtete er Willis lächerliches Herumsuchen.
»Vielleicht ist dein Jude in einem Marmeladenglas«, sagte er drohend. »Was habe ich dir zu Hause gesagt, he?« Er schlug Willi hinter die Ohren. »Ich habe dir gesagt, du kannst dich auf was gefaßt machen, wenn du mich anlügst!« Und wieder sausten die Schläge auf Willis Kopf.

»Ich kann es beweisen!« schrie Willi.
»Das seh ich. Halt deinen Mund, eh ich dich einsperre.« Und plötzlich mißtrauisch: »Wieso hast du mich denn überhaupt in den Keller gelockt? Was soll das bedeuten? Wer steckt hier dahinter?«
Willi hielt sich schützend die Arme über den Kopf, denn der Blockleiter schlug nicht nur, weil er wütend war. In ihm steckte die Angst vor der Falle, in die er sich gelockt glaubte. Er wollte jetzt die Wahrheit aus Willi herausprügeln.
Willi stürzte über die Kiste und blieb liegen. Ihm war alles egal, sollte ihn der Blockleiter totschlagen. Er konnte nicht mehr als die Wahrheit sagen.
»Es waren noch drei Jungen aus dem Alumnat dabei, die müssen dem Juden geholfen haben«, stöhnte Willi.
»So, auf einmal waren noch drei Jungen dabei. Warum hast du bisher nichts von denen erzählt? Sind das auch Juden in Wehrmachtsuniform?« Feller zog Willi von der Kiste. »Wer steckt hinter der Sache? Warum hast du mich in den Keller gelockt?«
»Ich hab Sie nicht hierher gelockt. Niemand steckt dahinter. Der Jude ...«
»Hör mit deinem Gefasel von dem Juden auf!« Er drehte Willi den Kragen zusammen. »Wer hast dir aufgetragen, mit mir hierher zu gehen?«
»Niemand, ich geb Ihnen mein Ehrenwort!«
»Ehrenwort –«, Feller stieß Willi verächtlich zurück. »Weiß der Kuckuck, wer dahinter steckt. Ich werd mit Jähde morgen reden. Da wird sich die Sache schon aufklären.«
Der Blockleiter wurde ruhiger.
»Wenn Sie das tun«, sagte Willi, »werden wir den Juden überhaupt nicht kriegen.«
Feller hörte nicht hin. Er begann systematisch den Keller abzuleuchten. Er zählte die Gläser, die restlichen Würste und kontrollierte den Inhalt der Säcke und Tüten. Er konnte nicht verhindern, daß ihm das Wasser im Munde zusammenlief.
»Ich werde die Lebensmittel bei mir sicherstellen«, sagte Feller.

Willi schwieg.
»Du kannst mir helfen, die Sachen nach Hause zu tragen!«
»Jetzt?« fragte Willi erstaunt. »Das können Sie auch am Tag machen!«
»Morgen hab ich keine Zeit für so etwas«, sagte Feller schnell. »Wenn du dich jetzt vernünftig benimmst, werde ich mir die Sache mit Jähde noch überlegen.«
Willi sah den Blockleiter skeptisch an. Was hatten die Lebensmittel mit dem Juden zu tun? Oder wollte Feller etwa selber ...
»Warum vernünftig?« fragte Willi lauernd.
»Du hast mich in meiner Eigenschaft als Blockleiter nachweisbar belogen und mich in der Nacht hierher geholt. Hast du auch gewußt, daß hier Lebensmittel waren?«
»Nein«, log Willi.
»Das ist das einzige, was ich dir glaube. So dumm könntest du gar nicht sein.« Feller lachte. »Dann hättest du sie wohl selber gefressen!«
Willi wollte antworten.
»Los, pack dir die Arme voll, soviel du tragen kannst.«
Der Blockleiter nahm die Speckseite vom Nagel.
»Ich laß den Rest morgen von der Volksküche abholen«, sagte er, und der Geruch des Geräucherten stieg ihm wohlig in die Nase.

Abiram und die drei Freunde hatten den Keller verlassen. Antek kam auf den Gedanken, Abiram vorläufig in einem der kleinen Türme des Stadttors zu verstecken. Dort war es zwar eng, aber zur Not konnte er dort schlafen. Eine winzige Wendeltreppe führte zu dem kleinen Rund, das sich oberhalb des Wehrgangs befand. Schießscharten, die fast ebenerdig lagen, gaben die Möglichkeit, beide Seiten des Tores zu beobachten. Das war günstig. Sie nahmen soviel an Lebensmitteln mit, daß Abiram für die nächsten Tage genug zu essen hatte.
Da im Turm gerade soviel Platz war, daß Abiram darin liegen konnte, stapelten sie die Büchsen und Gläser im Wehrgang

oberhalb des Tores. Zick hing die Würste an die Zinnen innerhalb der schattigen Wand.
»Sieht aus wie im Schlaraffenland«, lächelte Abiram, der alle Scheu verloren hatte.
Es war kalt, und der Wind blies ihnen durch die dünnen Trainingsjacken. Abiram legte Zick die Uniformjacke um die Schultern.
»Ich bring dir morgen was anderes zum Anziehen«, sagte Antek. »Die Jacke müssen wir vernichten. Wie kann Ruth nur auf die Idee kommen, dir eine Uniformjacke zu bringen.«
»Wahrscheinlich hat sie sich nichts dabei gedacht«, entschuldigte sie Abiram.
»Das ist es ja!«
»Sagt mal, wollt ihr eigentlich nicht wissen, wie Paule zu dem Zweitschlüssel gekommen ist?« fragte Paule beleidigt. Er saß am Anfang des Wehrgangs zwischen zwei Zinnen, den Rücken den Trümmerfeldern zugekehrt. »Schließlich habt ihr mir die Freiheit zu verdanken!«
»Na, erzähl's doch!«
»Ich hab mir von Willi einen Wachsabdruck besorgt. Hat der Dussel gar nicht gemerkt, und dann hab ich mir den Schlüssel gegen meine Kupferrohre eingetauscht. Toll was?«
»Und das hast du meinetwegen gemacht?« fragte Abiram.
Antek drehte sich schnell um, und Paule wurde rot. »Was du so fragst«, knurrte er.
Plötzlich reckte sich Paule zwischen den Zinnen. »Ssst...« Er schob sich von der Mauer zur gegenüberliegenden Seite, beugte sich über den Rand und winkte den Freunden.
Ein paar Meter vor der Einfahrt stand Willi mit einem Mann. Sie mußten etwas gehört haben, denn sie bewegten sich nicht von der Stelle. Dann sagte der Mann etwas zu Willi, und beide gingen weiter durch das Tor in Richtung Schillerstraße.
»Gemeines Schwein!« zischte Paule.
»Geht jetzt«, sagte Abiram, als er Willi und den Mann außer Hörweite wußte. »Wenn Willi zurückkommt, müßt ihr im Alumnat sein. Da kann er euch so leicht nichts nachweisen.«

»Und was wird aus dir?« fragte Antek.
»Ihr habt mir genug geholfen.« Er zeigte auf die Büchsen und Würste. »Da kann ich's aushalten, bis die Russen kommen!«
»Was, Mensch, auf die Russen warten? Du hast ja einen Webfehler. Was versprichst du dir denn von denen?«
»Die Freiheit«, sagte Abiram einfach.
»Freiheit«, Paule tippte an seine Stirn, »frag mal die Flüchtlinge, die werden dir was von Freiheit erzählen!«
»Die Russen kastrieren alle«, fuhr Zick dazwischen und fühlte einen Schauer über seinen Rücken laufen.
»So, kastrieren?« fragte Antek, »weißt du denn überhaupt, was das ist?«
»Jedenfalls etwas, was für Männer und Frauen sehr unangenehm ist«, fauchte Zick zurück.
Paule krümmte sich vor Vergnügen. »Zick, das war bisher dein bester Witz!«
»Laß mal, Zick«, sagte Abiram, »es ist sicher unangenehm, bloß die Russen machen es bestimmt nicht mit uns.«
Antek sah auf die Uhr. »Also, was machen wir jetzt mit dir?« fragte er Abiram. »Hier auf die Russen zu warten, halte ich auch nicht für den genialsten Gedanken. Wo wolltest du denn eigentlich hin, als du hier in die Stadt kamst?«
»Ach, das hat keinen Zweck«, lehnte Abiram ab.
»Erzähl doch, vielleicht können wir helfen!«
Abiram schüttelte den Kopf. »Nein, das könnt ihr nicht. Damit bringt ihr euch nur in Gefahr.«
»Du machst es ein bißchen zu spannend, deine Kindertantenbesorgnis kannst du dir langsam sparen!« sagte Paule grob.
»Also, ich suche einen gewissen Arthur Dressler, der hier wohnen soll. Ich kenn ihn auch nicht. Ich hab nur seine Adresse von einem Mann aus dem Lager zugesteckt bekommen. Seit Monaten lebe ich von solchen Adressen. Manchmal geht's gut, manchmal nicht.«
»Schön«, unterbrach Antek, »wir werden zumindest rauskriegen, wo der Mann wohnt, was er macht und ob er ein sicheres Versteck für dich weiß.«
Damit ließen die drei Jungen Abiram allein, um vor Willi im

Alumnat zu sein. Jeden Moment konnte er von seinem erfolglosen Verhaftungsgang zurückkommen.
Auf dem Heimweg fragte Antek: »Sag mal, Paule, warum hast du dir den Zweitschlüssel besorgt?«
»Willst du mir nicht erzählen, warum du mit Ruth ohne unser Wissen ausgemacht hast, daß sie dem Abiram helfen soll?« fragte Paule zurück.
Beide schwiegen, bis sie das Alumnat erreicht hatten. Es gelang ihnen abermals, unauffällig über die Flure bis in ihre Betten zu kommen. Willi war noch nicht da. Sie schlüpften erleichtert unter ihre Decken.
Keiner von ihnen wußte, wieviel Zeit verstrichen war, als sich die Tür öffnete. Selbst Zick schlief noch nicht. Das dicke Verdunklungspapier vor dem Fenster ließ kein Mondlicht durch. Sie fühlten, wie Willi sich durch die Tür schob. Paule bemühte sich, regelmäßig zu atmen. Willi tastete sich zum Schalter und knipste das Nachtlicht an. Antek sah, wie Willi sich über Zicks Bett beugte und dessen Gesicht nachdenklich betrachtete.
Zick fiel es nicht leicht, bewegungslos liegenzubleiben. Er spürte Willis Blick. Die Hände unter der Decke wurden ihm feucht. Was sollte er sagen, wenn Willi ihn jetzt weckte? Zicks Augäpfel rollten hinter den geschlossenen Lidern auf und ab. Mach, daß du wegkommst, mach, daß du wegkommst, dachte er pausenlos, und tatsächlich, Willi drehte sich um und wandte sein Interesse Paule zu, der ebenfalls unbeweglich seinen Schlaf zur Schau stellte.
»Du schläfst gar nicht«, sagte Willi.
Paule atmete ruhig weiter. Er brachte es sogar fertig, hie und da ein röchelndes Stöhnen einzufügen.
Als Willi zu Anteks Bett kam, sah er dessen Augen auf sich gerichtet und erschrak.
»Wo habt ihr den Juden?«
»Ich weiß nicht, von was du sprichst«, sagte Antek freundlich, »geh ins Bett, Willi, du träumst ja!«
»Hört auf, ich warne euch! Wie seid ihr aus dem Keller gekommen und wo habt ihr den Juden?« Er schüttelte Paule.

»Weck mich nicht, Idiot«, sagte Paule mit wacher Stimme. »Ich kenn keinen Juden. Wenn du weiter so einen Krach machst, dann wird Nagold kommen, und du kannst dem deine Geschichte vom Juden erzählen.«
Jetzt begriff Willi, was die Jungen mit ihm vorhatten. »So einfach kommt ihr mir nicht davon«, zischte er und riß Zick die Decke herunter. »Sagst du jetzt, was los ist?«
Zick nahm allen Mut zusammen. »Du bist verrückt«, piepste er. »Wieso hast du denn mitten in der Nacht einen Trainingsanzug und einen Pullover an? Frierst du?«
Da schlug Willi zu.
»Immer die Kleinen prügeln«, sagte Antek ruhig.
Die Art, wie sich die Freunde dumm stellten, machte Willi rasend. Er mußte einsehen, daß er ihnen tatsächlich nichts nachweisen konnte. Mit der Taschenlampe leuchtete er in ihre Gesichter.
Die drei Freunde lächelten ihn an.
»Willi«, sagte Antek besorgt, »geh ins Bett und schlaf. Dich scheint ein wilder Traum zu verfolgen.
»Das kommt euch teuer«, stammelte Willi. Er legte sich in seine Decke und heulte vor Wut.

Auch am nächsten Morgen erfuhr Willi kein Wort über Abiram. Antek, Paule und Zick zuckten verständnislos die Schultern.
»Wir wissen wirklich nicht, wovon du redest«, war ihre gleichbleibende Antwort. Weder durch Drohungen, Bitten oder Zorn konnte Willi sie zu irgendeiner Äußerung bringen. So blieb ihm nichts anderes übrig, als auf eigene Faust den Juden zu suchen.
Aber es gelang weder Willi noch Antek, ihren Plänen nachzugehen. Schon im ersten Morgendämmern setzten sich die Trecks in Bewegung. Bis zum Vormittag waren alle Straßen in der Stadt verstopft. Es bedurfte mehrerer Hilfskräfte, die die Trecks in Seitenstraßen einwiesen, damit auf den Hauptkreuzungen kein Chaos entstand. So bekam Antek den Auftrag, an der Hauptstraße das Einziehen der Flüchtlin-

ge zu überwachen. Es war keine leichte Aufgabe. Die Menschen waren nervös, müde und verängstigt. Sie wollten den kürzesten Weg durch die Stadt wählen und sich nicht mit ihren überladenen Wagen durch die engen Nebengassen der Altstadt quälen. Verkehrschaos – sie hatten Schlimmeres hinter sich. Wer nicht durchkam, mußte liegenbleiben. Rücksicht gab es nicht. Nur die Zeit zählte.
Antek stand, die Deichsel eines Pferdegespannes dicht vor sich, mit ausgebreiteten Armen auf der Straße.
»Geh weg da!« schrie ein Bauer, »sonst fahr ich dich um. Wir suchen uns allein unseren Weg!«
Antek griff in die Zügel und wendete das Pferd nach links. »Wenn ihr aus der Stadt wieder heraus und weiter nach Westen wollt, dann müßt ihr euch links halten!«
Er sah zwischen den beiden Pferden hindurch, wie der Bauer die Peitsche hob. »Das weiß ich besser!«
Jemand riß dem Bauern die Peitsche aus der Hand. »Los, fahrt links! Seht ihr nicht, was da vorn bei der Kirche los ist? Man kommt weder vor noch zurück. Der Junge weiß schon, warum er hier steht und uns einweist!«
Schimpfend fuhr der Bauer links in die Gasse.
Antek wischte sich den Schweiß von der Stirn. Die Führer eines Trecks waren immer am schwierigsten zu dirigieren, die anderen Wagen machten sich selten selbständig, sondern folgten wie Schafe ihrem Leithammel. Antek hatte die Wagen links zu halten, bis sich der Marktplatz einigermaßen leerte, und dann wurde rechts die Gassen entlang gefahren. Wenn dieser Turnus pünktlich eingehalten wurde, gab es innerhalb der Stadt fast kein Gedränge.
Antek sah auf der anderen Seite der Straße in einem Hauseingang Ruth stehen. Sie winkte. Antek drehte ihr den Rücken zu. Nach all dem, was vorgefallen war, hatte er ihr nichts mehr zu sagen. Es hatte damit angefangen, daß sie sich bei dem Juden als die Verständnisvolle aufspielte, während er mit den Kameraden als Bösewicht dastand. Später hatte sie dem Juden heimlich zu helfen versucht. Und schließlich war sie am gestrigen Abend nicht gekommen.

Antek schielte über die Straße. Sie lehnte an der Mauer. Allem Anschein nach wollte sie ihm etwas mitteilen. Ihm war das gleichgültig. Sollte sie stehen, bis sie schwarz wurde.
Antek hob den Arm. Es war Zeit, die Fahrtrichtung zu ändern. Die Wagen fuhren jetzt so, daß Ruth ihn nicht mehr beobachten konnte. Da fiel ihm Willi ein. Was passierte, wenn er sich an Ruth heranmachte? Woher konnte sie wissen, was in der Nacht geschehen war und daß Willi gegenüber Abirams Vorhandensein geleugnet werden mußte? Über seinem eigenen Zorn hatte Antek die Drohung vergessen. Er bückte sich, um unter einem Wagen hindurch nach Ruth zu sehen. Seinen Posten durfte er nicht verlassen. Die Leute würden sofort planlos nach links und rechts ausweichen, nur um vorwärts zu kommen.
Blieb nur der Käuzchenruf, den mußte sie hören.
Antek nahm die Hände zum Mund. Unsicher sah er sich um, wie er da als Verkehrspolizist, der eben noch den Flüchtlingen energisch den Weg gewiesen hatte, einen langgezogenen Käuzchenruf nachahmte. Ein Mädchen, das rückwärts auf einem vorbeirollenden Wagen saß, rief Antek zu: »Dir hat wohl der Iwan das Gehirn geklaut, was?«
Antek kam sich entsetzlich albern vor.
Aber Ruth hatte den Käuzchenruf gehört. Und weil gerade ein Stop in der Wagenschlange eintrat, kroch sie zwischen einem Pferd und einer Wagenachse hindurch.
»Ich muß dir sagen, warum ich gestern nicht kommen konnte«, fing sie ohne Umschweife an und erzählte ihr Erlebnis mit der Frau und dem Säugling.
Antek hörte schweigend zu.
»Siehst du das nicht ein?« fragte sie ungeduldig.
Antek hob den Arm und zeigte nach rechts. Ruth wurde hin und her gestoßen.
»Mag sein«, antwortete er schließlich, als es ruhiger geworden war. »Aber das ist nicht mehr wichtig. Durch dein eigenmächtiges Handeln hast du es fertiggebracht, daß Abiram weg mußte. Willi hat ihn angezeigt.«
»Nein!« Ruth packte Antek am Arm.

»Mach kein Theater!«
»Wo ist er jetzt, was ist passiert?«
»Durch die Uniformjacke hast du genug angerichtet. Wir werden dir sein Versteck nicht ein zweites Mal verraten.«
»Das kannst du nicht machen«, sagte Ruth leise, »ich hab es doch gut gemeint. Ich konnte ja nicht wissen, daß der Soldat mich im Stich lassen würde.«
»Du hast es ohne mich getan«, sagte Antek noch leiser.
Seine Härte verletzte sie. Sie drehte sich um und ging.
»Bleib hier«, sagte Antek. »Wenn Willi zu dir kommt, geh ihm aus dem Weg, verstehst du?«
»Und du willst, daß ich nichts mehr für Abiram tue?«
»Das hab ich nicht gesagt. Ich will nur nicht, daß du sein Versteck weißt. Weil du dann wieder Blödsinn machst!«
»Du bist eifersüchtig!«
»Eifersüchtig auf dich?« Er war wütend, weil sie ihn so schnell durchschaute. »Auf dich, wegen einem ...« Das letzte Wort konnte Antek gerade noch verschlucken. »So wichtig bist du mir wirklich nicht.«
»Dann sag mir, was ich für ihn tun kann!«
Antek überlegte eine Weile. »Versuche herauszubekommen, wo ein Mann namens Arthur Dressler wohnt. Aber sei vorsichtig, und kein Wort zu Willi, verstehst du?«
Ruth nickte und lief an den Treckwagen vorbei zum Markt, drehte sich noch einmal um, und Antek konnte gerade noch ihr Lächeln erkennen.
Paule war es gelungen, sich für kurze Zeit dem von Jähde befohlenen Einsatz zu entziehen. Während er sich an Menschen und Wagen vorbeidrückte und eine Weile Anteks Verkehrsregelungskünsten zusah, überlegte er, wie er am geschicktesten die Suche nach Arthur Dressler durchführen könne. Zufällig war er am Stadtrand in eine Käuferschlange geraten. Er ließ sich langsam nach vorn schieben. Es gab Kartoffeln, das einzige Nahrungsmittel, was überhaupt noch erhältlich war.
»Du hast ja gar kein Netz«, sagte plötzlich ein Junge in fremdem Dialekt hinter ihm, »warum stehst du dann hier?«

Paule drehte sich um. Ein Vierzehnjähriger beobachtete ihn.
»Was geht dich das an?« Paule spürte die Aufmerksamkeit der Umstehenden. Da kam ihm die Kartoffelfrau zu Hilfe.
»Faß mal mit an«, rief sie ihm zu. Ihre Kiste war leer, und Paule sollte von dem hinter ihr stehenden Wagen mehrere Säcke herunterholen.
»Das ist ein Kavalier«, sagte die Kartoffelfrau freundlich.
Paule lächelte. »Och, das mach ich doch gern«, und dann fügte er leise hinzu: »Wissen Sie, ob hier in der Nähe ein Arthur Dressler wohnt?«
Das eben noch freundliche Gesicht der Kartoffelfrau wurde starr. Ihre Hand zog Paule dicht zu sich heran.
»Ich bin kein Auskunftsbüro, mein Junge, verschwinde, so schnell, wie dich deine Beine tragen. Und komm mir nicht noch einmal unter die Augen!«
Sie schleppte ihren Sack allein zum Tisch.
»Zeiten sind das«, murmelte sie, während sie ein hingehaltenes Netz füllte.
Paule verschwand. Er verstand zwar das Verhalten der Frau nicht, aber der Name löste allem Anschein nach dicke Luft aus.
Er war noch nicht weit, als er Schritte hinter sich hörte. Der Vierzehnjährige stand hinter ihm.
»Wen suchst du?« fragte er.
»Wieso?« fragte Paule.
»Ich hab Beziehungen. Ich weiß eine ganze Menge. Für ein paar Zigaretten ...« Der Junge öffnete seine schmutzige Hand.
»In die Fresse kannst du haben!« Paule ließ ihn stehen. Es begann zu regnen. Paule zog seine Jacke über den Kopf. Jetzt auf den Landstraßen entlangzuziehen, mußte schrecklich sein.
Mitleidig sah er ein paar Frauen zu, wie sie einen hoch bepackten Kinderwagen an einem Schulterriemen hinter sich herzogen. Die Federn waren gebrochen und mühselig mit Bindfäden zusammengebunden. Wer weiß, wie viele Wochen die schon unterwegs waren.

Da sah Paule den Pfarrer. »Der müßte es wissen«, dachte er, ging auf ihn zu und grüßte laut. Der Pfarrer grüßte zurück. Es war für Paule nicht so einfach, im Regen auf der Straße ein Gespräch mit dem Pfarrer zu beginnen.
»Herr Pfarrer, darf ich Sie etwas fragen?«
»Natürlich, mein Sohn. Willst du mit mir ins Pfarrhaus kommen?«
»Vielen Dank, das ist nicht nötig«, wehrte Paule ab. »Es ist nur, ich hätte gern gewußt, ob Sie einen gewissen Arthur Dressler kennen und wo er wohnt.«
Paule wartete gespannt. Aber wie bei der Kartoffelfrau stieß er auch beim Pfarrer auf eine sonderbare Ablehnung.
»Warum möchtest du das wissen?«
Paule war auf diese Frage vorbereitet. »Durchziehende Flüchtlinge haben mich gebeten, Grüße an ihn auszurichten. Sie wußten seine Adresse nicht, wollten aber, daß Dressler eine Nachricht bekommt.«
»So?« fragte der Pfarrer. Paule fühlte sich nicht sehr wohl.
»Mein Sohn«, sagte der Pfarrer und ging neben Paule langsam die Straße entlang. Seine spitzen, schwarzen Schuhe spritzten bei jedem Schritt. »Ich habe die Adresse dieses Mannes vergessen.«
Paule hatte dem dahinplanschenden Schuhwerk des Pfarrers zugesehen. Jetzt hob er verblüfft den Kopf. Aber der Pfarrer machte keine Anstalten, nähere Erläuterungen zu geben.
»Vergessen?« fragte Paule, als hätte er nicht recht verstanden.
»Ja«, sagte der Pfarrer, »dieser Mensch hat sich von Gott entfernt. Ich aber muß mich jenen widmen, die Gottes und der Kirche Gnade suchen, um in ihr Trost und Kraft zu finden.«
»Aber die Leute wollten ihm etwas ausrichten!« versuchte es Paule noch einmal.
»Ich sage dir, ich habe sie vergessen.« Der Pfarrer blieb stehen. »Im übrigen«, schloß er das Gespräch, »wenn ich sie wüßte, würde ich sie dir auch nicht sagen. Gott segne dich!«
Damit war Paule entlassen.

Jähde hatte mit Befriedigung festgestellt, daß der Verkehr auf Anteks Kreuzung am besten geregelt war. Er klopfte dem Jungen auf die Schulter. »Das gefällt mir, wie du das machst. Traust du es dir auch am Nachmittag zu, wenn der Andrang der Flüchtlinge vorübergehend stärker wird?«
»Jawohl«, sagte Antek in strammer Haltung.
»Na ja, langsam wird noch was aus dir!«
Antek brannte die Zeit auf den Nägeln. Er wollte Dressler suchen. Außerdem hätte er bei dem Regen Abiram gern die Uniform umgetauscht.
»Könnte ich jetzt abgelöst werden, damit ich am Nachmittag wieder weitermachen kann?«
Jähde hatte nichts dagegen, da sich im Augenblick die Treckreihen gelichtet hatten.
»Sieh mal da«, sagte Jähde und zeigte über den Markt auf Kimmich, der gerade dabei war, einer jungen Frau mit ihrem Säugling behilflich sein. »Sogar euer Musikus betätigt sich! Es wird Zeit, daß er anfängt, selbst mit anzufassen.«
Auch Kimmich hatte Jähde gesehen, und es war ihm unbehaglich, mit welcher Vertrautheit er Antek behandelte. Er sah, wie Jähde Antek auf die Schulter klopfte.
»Ich danke Ihnen und Ihrer Enkeltochter nochmals von ganzem Herzen«, sagte die junge Frau.
Kimmich nickte. Seine Gedanken waren bei Jähde. Er erinnerte sich, wie zornig Antek seine Wohnung verlassen hatte. »Nein«, waren Anteks letzte Worte gewesen, »ich verstehe nichts!«
Wenn Antek ihre gestrige Unterredung Jähde weitergegeben hatte, dann würde es schlimm für ihn aussehen.
Antek hatte Kimmich nicht aus den Augen gelassen. Kimmich war der richtige Mann, den man nach Dressler fragen konnte. Antek sollte über Abirams Schicksal sprechen. Aber damit würde Kimmich in erneute Gefahr gebracht, und auch für Abiram war die Verbindung mit dem ehemaligen Häftling eine Belastung.
Antek holte Kimmich hinter dem Kornhaus ein.
»Herr Kimmich«, rief er.

Kimmich erschrak, als er Antek plötzlich vor sich hatte.
»Ich möchte Sie etwas fragen.«
»Ja, was ist?«
Die plötzliche Freundlichkeit nach dem eben so vertrauten Gespräch mit Jähde machte Kimmich skeptisch. Abwartend betrachtete er Antek, der das Mißtrauen des Mannes übersah.
»Ich suche Arthur Dressler«, sagte Antek, und nach einigem Zögern setzte er hinzu: »Nach unserm gestrigen Gespräch dachte ich, Sie wüßten vielleicht seine Adresse.«
Die Art, mit der Antek seine Frage vorbrachte, bestärkte Kimmich in seinem Mißtrauen. Jähde hatte den Jungen als Spitzel auf ihn, Kimmich, angesetzt, und es lag allein an Anteks Unerfahrenheit, daß Kimmich den Jungen so schnell durchschauen konnte.
»Nein«, sagte Kimmich, »ich habe den Namen nie gehört.«
»Bestimmt nicht? Ich meine, es könnte ein Mann sein, der politisch«, Antek wußte nicht weiter. »Nun, der politisch vielleicht eine ähnliche Meinung wie Sie hat. So einen Mann müßten Sie doch in der Stadt kennen.«
»Jetzt ist es genug, Antek. Sonst ist es mit meiner Beherrschung zu Ende. Eines habe ich allerdings eingesehen, ich habe dir gestern ein zu großes Vertrauen geschenkt. Schade –!«
Kimmich überquerte die Straße in Richtung seiner Wohnung. Antek überfiel tiefe Enttäuschung. Wem soll man eigentlich noch glauben, dachte er. Er fühlte sich in einer Welt von Haß, Mißtrauen und Lüge. Wiedergutmachen! Kimmichs Worte fielen ihm wieder ein, aber – warum und an wem und wie?

Antek und Paule hatten Zick verboten, nach Dressler zu suchen. »Nachher verquatschst du dich und nennst plötzlich Abirams Namen oder so was.« Dabei war es geblieben.
Während die größeren Jungen zur Verkehrsregelung herangezogen wurden, machten die Kleinen Stubendienst.
Nachdem die letzten Flüchtlinge ihr Nachtquartier verlassen

hatten, mußten Klassen und Gänge für die nächste Nacht gesäubert werden. Papier und Abfall wurden in Eimer gesammelt, Jähde verlangte sogar, daß mit einem Desinfektionsmittel gewischt werden sollte.

Zick hatte es so eingerichtet, daß er mit mehreren Jungen zusammen war, denn Willi ließ ihn nicht aus den Augen. »Aus dir krieg ich es heraus!« zischte er im Vorbeigehen.

»Was hat er denn mit dir?« wollte ein Junge wissen.

»Ach«, Zick winkte ab, »der träumt seit gestern schlecht, und nun will er immer von mir wissen, was er gesagt hat.«

Zick sammelte Abfall zusammen. »Hör mal«, wandte er sich an einen Jungen, als Willi verschwunden war, »wenn man in eine Stadt kommt, in der man sich nicht auskennt, und man sucht jemanden – was macht man da?«

»Einwohnermeldeamt natürlich«, sagte der Junge, »wenn's nicht schon aufgelöst ist oder die Leute abgehauen sind.«

Zick nickte nachdenklich. »Nicht schlecht!«

Der Regen hatte aufgehört, als Zick zum Rathaus lief. Sicher war keiner auf die Idee gekommen, dort nachzufragen.

In der Halle des Rathauses las Zick den »Wegweiser«. Da stand es: Parterre Einwohnermeldeamt Zimmer III, Ortsgruppenleiter Zimmer IV. Er knöpfte sich den Hemdkragen zu und zog sich die Kniestrümpfe hoch. Dann klopfte er. Niemand antwortete. Zick nahm das Schweigen als Aufforderung, Zimmer III zu betreten.

Ein großer, muffiger Raum. Der größte Teil der Akten war aus den Regalen gerissen und lag in unordenlichen Haufen über dem Fußboden verstreut. Jetzt merkte Zick, daß dem eisernen Ofen in der Ecke ungewöhnliche Hitze entströmte. Wir haben das ganze Jahr keine Kohlen, dachte er verwundert, und die heizen hier im April, als wenn Weihnachten wäre.

Ein Fräulein mit rotem Gesicht wühlte in den Papieren. Sie riß einige Seiten aus einem Ordner, ohne den Halter vorher zu öffnen.

»Ich hab's!« rief sie zu der offenstehenden Tür des Nebenzimmers.

»Dann verbrennen Sie es mit den anderen Unterlagen«, kam die Antwort.
Stöhnend erhob sich das Fräulein.
Zick räusperte sich. »Heil Hitler!«
Das Fräulein ließ vor Schreck den Feuerhaken fallen.
Ich möchte bloß wissen, was die macht, dachte Zick und stellte sich auf die Zehenspitzen. »Ich hätte gern eine Auskunft!«
Das Fräulein kam näher. »Kannst du nicht klopfen?«
Zick sah direkt in ihre Nasenlöcher, die von Staub und Papierasche ganz schwarz waren.
»Hab ich ja!«
»Was willst du?«
»Können Sie mir bitte den Aufenthaltsort von Arthur Dressler sagen?«
Das Fräulein riß ihre Augen auf.
»Wart mal«, sagte sie und ging rückwärts zu der Tür, wo die Stimme hergekommen war.
Darauf erschien der Ortsgruppenleiter.
»Heil Hitler!« grüßte Zick und schlug die Hacken zusammen.
»Wie heißt du?« fragte der Ortsgruppenleiter.
Zick fand den Mann sehr freundlich.
»Siegfried Breuner.«
»Wo?«
»Schüler im Alumnat.«
»Weißt du, wer ich bin?«
»Jawohl, Herr Ortsgruppenleiter!«
Zick schlug abermals die Hacken zusammen. Man konnte nie wissen.
Der Ortsgruppenleiter betrachtete ihn mit Ausdauer ohne jeden Ausdruck.
»Und du suchst Arthur Dressler?«
Zick nickte.
Die Hitze im Zimmer wurde unerträglich.
»Wer hat dich geschickt?« brüllte plötzlich der Ortsgruppenleiter.
Mit einem Satz stand Zick an der Tür und flitzte aus der Halle.

»Das haben wir gleich«, sagte der Ortsgruppenleiter.
Er ging zum Telefon und rief Jähde an. Er forderte eine genaue Untersuchung, wieso Schüler des Alumnates nach dem Kommunisten Dressler forschten. Im übrigen verbäte er sich als Ortsgruppenleiter, von Jähdes Schülern belästigt zu werden. »Oder«, schloß der Ortsgruppenleiter wütend, »glauben Sie vielleicht, ich hätte den Dressler bei mir versteckt, um mir für die Russen ein Alibi zu schaffen? Seien Sie vorsichtig mit mir!« Er knallte den Hörer auf die Gabel.

Ruth hatte bisher noch keinen Versuch unternommen, Dressler ausfindig zu machen. Der Gedanke, nicht zu wissen, wo sich Abiram zur Zeit befand, ließ ihr keine Ruhe. Sie irrte planlos umher, kroch in Keller, spähte in Winkel, drängte sich zwischen Flüchtlingen in der Sammelstelle und in den Volksküchen, aber nirgends konnte sie Abiram entdecken. Sie mußte Abiram finden. Sie mußte ihm klarmachen, daß der Großvater der einzige war, der hier noch helfen konnte. Dabei fiel ihr ein, daß sie Antek nicht nach der Uniformjacke gefragt hatte. Vielleicht lag sie noch im Keller? Aber weder zwischen den ausgeräumten Regalen noch hinter der Zinkbadewanne oder in der Kiste war etwas zu finden. Dabei entdeckte Ruth etwas anderes. Auf der Innenseite der Holzkiste war ein Judenstern eingeritzt. Ruth nahm den Deckel und schleppte ihn ans Tageslicht. Sie suchte sich ein Stück Eisen, mit dem sie auf das Holz einschlug, bis es in Stücke brach.
Nicht weit von Ruth kroch Willi hinter einem Schutthaufen hervor. Dieser Lärm konnte nur von dem Juden herrühren. Da entdeckte er Ruth. »Was machst du hier?« schrie er. Sein Zorn über den erneuten Mißerfolg häufte sich auf Ruth.
Ruth wußte keine Antwort.
»Antworte!« brüllte Willi.
Ruth schüttelte den Kopf.
»Ich schlage Mädchen nicht.« Willi starrte böse auf ihre aufgelösten Haare.
Ruth begann, den Zopf wieder zusammenzuflechten.

»Ich diskutiere aber auch nicht mit Mädchen!«
Ruth hob die Schultern.
»Setz dich da hin!«
Ruth ließ sich zögernd auf den angewiesenen Platz nieder.
Willi setzte sich daneben.
»Was hast du hier gemacht?«
»Brennholz.«
»Wo warst du gestern abend?«
»Zu Hause. Bei uns war eine kranke Frau.«
»Wo haben die Jungen den Juden versteckt?«
»Ich weiß es nicht!«
Willi griff nach ihrem Handgelenk.
»Hast du mit Antek gesprochen?«
»Gestern«, sagte Ruth ohne sich zu wehren.
Er ließ sie los.
Ruth rieb sich die rote Stelle oberhalb des Gelenkes. »Warum machst du das alles?« fragte sie.
Willis Fuß trat gegen ein Holzstück. »Ich habe dir gesagt, ich diskutiere nicht mit Mädchen, genauso wenig, wie ich dich schlage. Ich habe andere Mittel.«
Er hockte sich vor Ruth. »Wenn du es mir nicht gleich sagst, gehe ich zu Jähde!«
»Na und?«
»Warte nur«, Willi schnalzte mit der Zunge, »dann werde ich nämlich Jähde sagen, daß es neulich mit der Motette von deinem Großvater kein Zufall war, sondern daß er sie Paule und Antek beigebracht hat.«
»Das kannst du nicht machen!« flüsterte sie.
»Doch, das kann ich, oder du sagst mir, wo der Jude ist ...«
Willi wartete geduldig. »Das kann für deinen Großvater das Gefängnis bedeuten«, fügte er lässig hinzu. »Und das alles wegen einem dreckigen Juden ...«
Ruth sprang auf. »Aber ich weiß doch von nichts! Selbst wenn ich es wollte, könnte ich es dir nicht sagen. Außerdem hat das alles nichts mit Großvater zu tun!«
»Das ist meine Sache!«
Willi überlegte. Vielleicht hatten die Jungen Ruth das neue

Versteck des Juden nicht gesagt. »Gut«, sagte er, »wenn du das Versteck nicht weißt, genügt es, wenn du mit mir zum Blockleiter oder meinetwegen auch zu Jähde kommst und aussagst, daß du gestern mit eigenen Augen einen Juden namens Abiram hier im Keller gesehen hast und daß ich ihn vor deinen Augen eingeschlossen habe.«
Ruth wurde blaß. »Nein, das kann ich nicht!«
»Dann ist eben dein Großvater dran. Du mußt ja wissen, wer dir lieber ist!«
Willi lachte. Jetzt wußte er, daß er gewonnen hatte. »Ich weiß nicht, warum du dich da so anstellst! Den Juden wird das Arbeitslager, in das er kommt, auch nicht umwerfen.«
Da sprang Ruth Willi an. Sie schlug, kratzte und trat Willi mit den Beinen. »Du gemeiner Hund, du!«, schrie sie, »du Lump!« Willi war auf ihren Angriff nicht vorbereitet, er stolperte und rutschte aus.
Ruth lief fort. Sie hörte Willis drohende Rufe und rannte, so schnell es ging. Sie riß sich den Rock an einem Blech auf. Sie hörte Willi hinter sich. Jetzt war sie dicht am Stadttor. Mit einem Satz rettete sie sich in einen halb zugeschütteten Krater. Sie lag ausgestreckt auf dem Bauch, das Gesicht in das Gras gedrückt. Dicht oberhalb des Kraters tobten Willis Schritte vorbei. Er hatte sie nicht gesehen.
Vorsichtig richtete Ruth sich auf. Mühselig kletterte sie aus dem Krater und da – Ruth preßte die Hände auf den Mund. In einer Schießscharte eines Stadttores tauchte Abirams Kopf auf.
Ruth hatte sich nicht getäuscht. Willi mußte ihn auch gesehen haben. Jetzt waren alle verloren, Abiram, der Großvater und Antek.

Zu Hause gelang es Kimmich schwer, einen zusammenhängenden Bericht aus Ruth herauszubekommen. Immer wieder fing sie an zu weinen.
»Er will dich anzeigen, Großvater!«
»Da ist nichts anzuzeigen. Jähde war wegen der Motette hier.«

Er zog Ruth an sich.
»Weiß Willi etwas von Dressler?«
Sie verneinte.
»Wer weiß was von Dressler?«
»Antek, Paule, Zick und ich. Die Jungen wollten ihn für Abiram suchen.«
»Und du hast Abiram im Stadttor gesehen?«
»Ja!«
»Bleib jetzt hier«, sagte Kimmich. »Und schließ hinter mir ab. Mach niemanden auf, bis ich wieder da bin.«

Das Telefongespräch mit dem Ortsgruppenleiter hatte Jähde bestätigt, wie berechtigt sein Mißtrauen gegen Kimmich war. Die anzüglichen Bemerkungen des Ortsgruppenleiters hatten ihn nicht weiter berührt. Das schrieb er der allgemeinen Nervosität zu, die die vorübergehende Krise an der Front auslöste. Aber er, Jähde, würde die Nerven behalten. Klarer denn je sah er seine Aufgabe, in der Heimat wachsam zu sein und Leuten wie Kimmich und Genossen das Handwerk zu legen.
Jähde zog sich in sein Arbeitszimmer zurück. Er wollte nicht gestört werden. Er mußte jetzt einen Plan ausarbeiten, wie er Kimmich, Dressler und deren Gesinnungsgenossen in die Falle locken konnte. Er mußte aus den Jungen herausbekommen, wer von ihnen als Spürhund von Kimmich eingesetzt worden war.
Die Fensterscheiben klirrten unter dem Donner der Artillerie. Seit den Vormittagsstunden war das Dröhnen näher gekommen. Mehr und mehr Soldaten mischten sich unter die Flüchtlinge. Aber das sah Jähde nicht – er wollte es nicht sehen.
Es klopfte.
Paule fragte, ob das Vespersingen in der Kirche stattfinden solle.
»Natürlich wird gesungen, oder hat Herr Nagold Angst?« Jähde warf wütend seinen Bleistift auf den Schreibtisch.

»Das glaube ich nicht«, meinte Paule, »es ist nur wegen der nahen Front ...!«
»Wer hat das gesagt?« unterbrach ihn Jähde. »Schick ihn mir mal her, den Herrn Nagold. Ich möchte ihm selber meine Ansicht mitteilen. Auf jeden Fall wird gesungen, und ihr zieht wie immer eure Choranzüge an!«
»Jawohl!« Paule nahm militärische Haltung an und ging. Er stieß mit Zick zusammen, der sich dicht vor der Tür herumdrückte.
»Was machst du denn hier?«
»Nichts.« Zick wurde rot.
Paule beugte sich zu dem Kleinen. »Ich hab nichts rausgekriegt. Nicht mal beim Pfarrer. Der hat bloß dummes Zeug geredet. Und du?«
Zick vermied, Paule anzusehen. »Ich auch nicht.«
Jetzt wurde Paul mißtrauisch. »Was ist denn mit dir los? Hast du dich verquatscht?«
»Nein, das habe ich nicht.«
»Also, dann geh dich umziehen. Wir singen, hat Jähde gesagt. Ich soll Nagold holen.«
»Muß der zum Jähde?« Zick schöpfte Verdacht.
»Ja, dicke Luft!« Paule ließ Zick allein.
Nagold hatte sich erschöpft auf sein Bett gelegt. Am Tag vorher hatte er mit den Jungen das Alumnat umgeräumt, um für Flüchtlinge Platz zu schaffen. Das war über seine Kräfte gegangen. In der Nacht hatte er kaum geschlafen. Ein alter Mann war gestorben. Man wußte weder seinen Namen, noch kannte man seine Angehörigen, man hatte ihn einfach »Opa« genannt. Mit dem Pfarrer zusammen hatte ihn Nagold aus dem Alumnat getragen und auf den Friedhof gekarrt. Dort gab es schon viele namenlose Gräber, nur mit einem eilig zusammengebastelten Holzkreuz versehen.
Am nächsten Morgen mußten die dreihundert Flüchtlinge wieder in ihre Trecks eingewiesen werden. Das Haus wurde für die Aufnahme neuer Flüchtlinge vorbereitet.
Jetzt, am Nachmittag, sehnte sich Nagold nach Schlaf.
»Du hast heute noch nichts gegessen«, sagte Frau Nagold. Sie

saß steif auf dem Stuhl, die Hände im Schoß gefaltet, blickte sie zu ihm hinüber. Sie wollte, daß er sprach und sie ansah.
»Nein«, sagte er bewegungslos.
Frau Nagold rückte näher.
In Nagolds Stirn grub sich eine Falte. Warum ließ sie ihn nicht in Ruhe! Er spürte ihren Wunsch, bei ihm Trost zu finden. Ihre Aufdringlichkeit stieß ihn ab. Wußte sie immer noch nicht, daß ihm seine Umwelt gleichgültig geworden war und daß er keinerlei Verantwortung mehr spürte?
Er fühlte ihre kalten Finger auf seinem Handrücken.
»Ich hab Suppe. Sie wird dir gut tun!«
Als er weder antwortete noch sie ansah, fuhr sie fort: »Für morgen ist nichts mehr da. Ich habe das letzte Mehl verbraucht.«
»Dann koch Kartoffeln! Laß mich jetzt um Gottes willen zufrieden.«
Aber sie rutschte von ihrem Stuhl vor sein Bett, legte ihr Gesicht in seine Hand und flüsterte: »Laß mich nicht allein. Du bist der einzige Mensch, für den ich lebe.«
Als er ihre kleinen Küsse in der Handfläche fühlte, schloß er seine Finger zur Faust.
Frau Nagold erhob sich wortlos. Er wußte nicht, ob sie seine Abneigung spürte. Er hörte, wie sie sich am Herd zu schaffen machte, und bald stieg ihm der schale Geruch einer Krautsuppe in die Nase. Er hatte Hunger.
Während Nagold schweigend seine Suppe löffelte, kam Paule mit der Nachricht, Nagold solle sich sofort zu Jähde begeben.

Zick stand dicht am Schlüsselloch und wußte nicht, ob er sein Ohr oder sein Auge an die schmale Öffnung halten sollte. Es war nicht viel, was er zu sehen bekam, eine Hand, ein Bein, den Rücken oder Jähdes Gesicht.
»Wieso haben Sie den Einfall, das Vespersingen einstellen zu lassen?« war Jähdes erste Frage, ohne daß er Nagolds Gruß erwidert hatte.
»Ich denke, es gibt wichtigere Dinge zu tun!« antwortete Nagold.

»Das Denken überlassen Sie mir. Ich wünsche, daß gesungen wird. Ich will alles vermeiden, was eine Panikstimmung auslösen könnte. Seit Jahrzehnten wird am Freitagnachmittag gesungen, also auch heute. Verstanden?«
Zick sah, wie Nagold den Kopf beugte. Aber schon fuhr Jähdes ausgestreckte Hand vor Zicks Blickfeld.
»Da gibt es noch eine andere Sache. Heute war Zick auf dem Einwohnermeldeamt. Er hat dort auf lächerliche Weise versucht, nach Arthur Dressler zu fragen. Wissen Sie, wer das ist?«
Mehr hörte Zick nicht. Er lief in panischem Schreck davon.
»Ist das nicht ein Mann, der mit Kimmich aus dem Arbeitslager entlassen wurde?«
»Stimmt. Aber gegen diesen Mann läuft wegen Wehrzersetzung abermalig Haftbefehl. Kimmich steckt mit ihm unter einer Decke, und daß Zick beim Ortsgruppenleiter nach Dressler gefragt hat, ist ein Beweis für mich, daß Kimmich jetzt auch meine Schüler in sein schmieriges Werk eingespannt hat. Gestern die Motette, heute das! Kommt Ihnen das nicht seltsam vor?«
Nagold verstand Jähdes Ausführungen über Kimmich und dessen Einfluß auf die Kinder nicht. »Wenn Kimmich durch die Jungen eine Verbindung zu diesem Dressler halten wollte, dann würde er doch Zick nicht zum Ortsgruppenleiter schicken und nach der Adresse fragen. Was soll das für einen Sinn haben?«
»Danach habe ich Sie nicht gefragt, Nagold. Sie haben eine Eigenschaft, wichtige Dinge so hinzustellen, daß sie völlig harmlos erscheinen. Das wirft kein gutes Licht auf Sie!«
Nagolds Gesicht wurde verschlossen. Sollte Jähde machen, was er wollte. Er sah keine Veranlassung, sich in Dinge einzumischen, deren Sinnlosigkeit schon von Anfang an zu durchschauen war.
»Ich wünsche ein Verhör der Jungen. Und zwar hier mit Ihnen.«
»Was hab ich damit zu tun?«
»Das werde ich feststellen!«

Es dauerte eine Weile, bis Nagold Jähde davon überzeugte, daß ein Verhör, wie Jähde sich ausdrückte, vor dem Vespersingen unmöglich war. Wie sollten die Kinder singen und Disziplin wahren, wenn Jähde sie kurz vorher wegen Spionageverdacht beschuldigte. Schließlich erklärte sich Jähde damit einverstanden, nach dem Singen in der Kirche mit den Jungen zu reden.

Zick war zu den Freunden gelaufen. Sie hatten sich umgezogen und standen in ihren dunklen Hosen und weißen Blusen vor dem Alumnat, um in die Kirche zu gehen. Unter den Fremden hatte es sich herumgesprochen, daß der Knabenchor sein traditionelles Singen in der Kirche abhalten würde. Vielleicht war es das letzte Mal.
Zick zog Paule und Antek zur Seite. Antek winkte ab. »Hier nicht! Kommt weiter weg.«
Sie gingen in den seit langer Zeit unbenützten Kreuzgang, wo sie sich unbeobachtet fühlten.
»Also, erzähl!« forderte Antek auf.
»Ich hab heute auf dem Einwohnermeldeamt nach Dressler gefragt«, begann Zick atemlos.
»Einwohnermeldeamt«, seufzte Paule und schnitt eine Grimasse.
»Weiter!« sagte Antek.
»Nichts weiter. Der Ortsgruppenleiter fragte, wer mich geschickt hätte.«
»Ach, zu dem bist auch gleich gegangen?« Paule schlug die Hände zusammen.
»Er wollte es dem Jähde sagen«, jammerte Zick, »und da hab ich an der Tür gehorcht.«
Paule nickte. »Deshalb bist du vorhin da rumgekrochen!«
»Und was hast du gehört?« fragte Antek.
»Nagold sollte Jähde erklären, warum ich nach Dressler gefragt hätte. Jähde war sehr böse.«
Zick sah die Freunde ängstlich an. »Ob Jähde schon von Abiram weiß? Vielleicht hat Willi gequatscht oder Ruth?«
»Ach was«, wehrte Antek ab.

Die Glocken begannen zu läuten und übertönten jedes Wort.
»Ich renn zum Stadttor und warne Abiram«, schrie Paule. »Wenn Nagold fragt, dann erfindet irgendeine Ausrede, Klo, oder ich kotze, oder was ihr wollt. Wenn ich Abiram erwische, ist es gut. Wenn nicht, dann ist tatsächlich was passiert.«
Paule stob den Kreuzgang entlang. Seine Absätze knallten auf den Fliesen, und als er über die Gebetbänke sprang, zog Antek unwillkürlich den Kopf ein. Zick schlug ein winziges Kreuz auf seiner Brust.
Nagold kam mit den Schülern über den Platz. Unauffällig mischten sich Zick und Antek in ihre Reihen. Still betraten sie die Kirche und stiegen zur Orgel. Es war ein dämmriges Licht, die meisten Fensterscheiben der Kirche waren zersprungen und mit Pappe geflickt. Nagold ließ die Kerzen anzünden und sah, daß Paule fehlte. Fragend blickte er Antek an.
»Er kommt gleich. Ihm war nicht gut.«
Antek flüsterte, damit man es unten im Kirchenschiff nicht hörte. Nagold stellte Zick an Paules Platz.

Paule war am Stadttor, keuchte die Wendeltreppe hoch bis zu dem kleinen Turm – er war leer.
Paule rief, keine Antwort.
Verlassen lagen die Scherben einiger Kompottgläser auf dem Wehrgang.
Zick hatte recht, Abiram war geschnappt.
Paule stolperte die Treppe wieder hinunter und jagte im gleichen Tempo zur Kirche zurück.
Schon von weitem hörte er den Chor, dessen Solo er zu singen hatte. Als er vorsichtig die schwere Klinke der Kirchentür herunterdrückte und lautlos die Holzstiegen erklomm, mußte er sich am Geländer festhalten. Die Stimmen der Jungen klangen durch das Kirchenschiff:

> Der grimmig Tod mit seinem Pfeil
> tut nach dem Leben zielen,
> sein Bogen schießt er ab in Eil
> und läßt nicht mit sich spielen.

Das Leben schwindt wie Rauch im Wind,
kein Fleisch kann ihm entrinnen,
kein Gut noch Schatz findt bei ihm Platz,
du mußt mit ihm von hinnen.

Noch nie hatte Paule den Sinn der Worte so klar erfaßt wie heute. Plötzlich ergriff ihn der Wunsch, sein Solo zu singen. Sein Atem flog, und die Stimme überschlug sich. Aber dann hob sie sich, während Paule die Augen schloß, um seine Tränen zu verbergen.

Vielleicht ist heute der letzte Tag,
den du noch hast zu leben.
Oh, Mensch, veracht nicht, was ich sag:
nach Tugend sollst du streben ...

Die Menschen saßen mit gefalteten Händen, ergriffen vom Leid des eigenen Schicksals.
»Vielleicht ist heut der letzte Tag ...« Für Nagold gab es kein vielleicht. Für ihn war es der letzte Tag. Ein Abschied von der Musik, seiner Kirche und seinen Schülern. Was nun kam, war ein Hintreiben ohne Ziel, ohne Glauben.

Abiram hatte frierend, aber glücklich im zugigen Turm des Stadttors gelegen, so, wie Paule, Antek und Zick ihn verlassen hatten. Nachdem die Freunde in der Dunkelheit verschwunden waren, hatte er sich eine Stellung ausgesucht, von der er sowohl die Stadt als auch die Ruinenfelder durch die Schießscharte übersehen konnte. Es war ein hartes Lager, und nur sein Kopf war weich auf der Uniformjacke gepolstert. Wenn er durch die westliche Schießscharte blickte, sah er im Mondlicht nichts als Trümmer, zerbrochene Kamine und verrostetes Eisengeflecht. Seine Augen kreisten müde über die Ruine der Schillerstraße. Ein Licht funkelte auf, verschwand wieder. Abiram wußte, sie suchten nach ihm. Jeden Winkel leuchteten sie ab, jeden Steinhaufen krochen sie hinauf, kein Kellerloch war ihnen zu tief, um ihn zu finden.

Die östliche Schießscharte gab ihm den Blick zur Stadt frei. Der Turm der Kirche ragte in den nachtblauen Himmel. Abiram dachte darüber nach, was die Menschen wohl in dieser Kirche, die ihm fremd war, beteten.
Plötzlich flammte der Himmel in breiten rotbläulichen Blitzen auf. Das Licht, das nach im suchte, verschwand. Und während die Bewohner der Stadt ängstlich in ihren Häusern saßen und die Sekunden zwischen Blitz und Artilleriedonner zählten, fand Abiram wieder Hoffnung und Ruhe. Er streckte sich aus, und unter den pausenlosen Explosionen fand er Schlaf.
Am Tag war es für Abiram nicht leicht, unbemerkt im Stadttor zu bleiben. Jede geringste Bewegung hieß Gefahr, daß man ihn sehen konnte. Auf dem Wehrgang durfte er sich nur liegend oder kriechend aufhalten, und im Turm konnte er nur sitzen, wenn er die Beine ganz anzog. So lag er meist im Wehrgang auf dem Rücken. Dafür aß er unentwegt. Er konnte sich nicht besinnen, jemals in seinem Leben eine so reichhaltige Auswahl gehabt zu haben. Er brauchte sich nicht einmal zu bewegen. Er griff nach links, nach rechts oder nach oben, wo die Würste hingen, blieb geduldig und war glücklich.
Es begann zu regnen. Abiram kroch in das Türmchen zurück. Ob einer der Jungen Dressler gefunden hatte? Vielleicht wohnte der Mann gar nicht mehr hier! Plötzlich hörte er Schritte und ganz dicht ein Rufen. Er schob sein Gesicht zur Schießscharte – er sah Willi auf dem Pfad zwischen den Trümmern. Komisch, er hatte geglaubt, daß die Schritte viel näher gewesen wären. Abiram rutschte wieder zurück. Alle Geduld, alles Glück über die neugewonnenen Freunde war verflogen. Übrig blieben Mißtrauen und Wachsamkeit.
Abiram wußte nicht, wie lange er so in seiner Ecke gekauert hatte. Vielleicht eine Stunde, vielleicht zwei. Aber dann sah er einen Mann mit weißen Haaren zielsicher auf das Stadttor zukommen. Abiram zog sich noch weiter zurück. Mit fieberhafter Geschwindigkeit rollte er die Uniformjacke zusammen, das Futter nach außen. Jetzt mußte der Mann

unter ihm im Tor stehen. Er schien unentschlossen. Abiram kroch zum Wehrgang. Aber er konnte den Mann nicht sehen. Ob er jetzt in einen der Türme hinaufgestiegen war? Abiram wußte nicht, in welchen. Er beugte sich über die Zinnen. Herunterzuspringen war unmöglich.

Ganz deutlich war jetzt das Tappen auf der Treppe zu hören. Es kam von rechts. Abiram floh gebückt über den Wehrgang zum linken Turm. In der Mitte blieb er stehen. Was war das? Spielte ihm sein Gehör einen Schabernack, oder kam der Mann über den linken Turm herauf? Abirams Hände fuhren zum Hals. Er war gefangen.

»Abiram?«

Die Stimme kam von links. Abiram mußte wieder auf die andere Seite. Aber gab es dort eine Treppe, die hinunter führte?

»Abiram, bleib stehen! Hab keine Angst!«

Der Mann tauchte auf. Er war staubig und voller Kalk, denn die Wendeltreppe war eng.

Abiram duckte sich und riß zwei Gläser mit Kirschen um. Splitternd klirrte das Glas über die Steine.

»Halt, Junge!«

Aber Abiram war schon auf der anderen Seite des Tores. Er kroch in den Turm. Seine Hände tasteten die Tür nach unten ab, aber sie fanden keine Klinke.

Der Mann kam näher.

Abiram beugte sich aus der Schießscharte, die in nördlicher Richtung zeigte. Anderthalb Meter tiefer lag die Stadtmauer. Abiram drückte die Uniformjacke zusammen, preßte sie sich unter das Kinn, und er ließ sich rückwärts aus der Schießscharte gleiten. Einen Augenblick hing er, nur mit den Händen an die Mauer geklammert, in der Luft.

Er sah den weißhaarigen Kopf des Mannes.

Dann ließ er sich fallen.

Geschickt landeten seine Füße auf der schmalen Mauer. Abiram balancierte auf ihr bis zu den Zweigen einer Kastanie, in der er sich vor den Blicken des Mannes verbergen konnte.

Nun schlich er an der Stadtmauer entlang, über Zäune und durch Gärten, bis er das Gelände einer kleinen Fabrik erreichte. Ein freier Platz lag vor ihm. An der Fabrikwand waren Rohre gestapelt, auf der anderen Seite standen Tonnen. Sie waren mit weißer Ölfarbe numeriert. Abiram beunruhigte eine kleine Holzhütte, die in der Mitte des Platzes lag. Sie hatte nach allen vier Seiten Fenster, und es war nicht zu erkennen, ob sich jemand in der Hütte aufhielt oder nicht.

Links von Abiram lag die Stadtmauer, die er nicht überklettern konnte. Rechts von ihm standen Häuser. Höfe und Gärten waren durch Gatter abgeschlossen. Der Himmel wurde dunkler. Wenn er hier bis zum Abend wartete? Abiram dachte an den Mann, der ihn verfolgte. Er nahm einen Stein und warf ihn über den Platz, bis er kullernd gegen eine Tonne schlug. Nichts rührte sich. Abiram kletterte über den Drahtzaun. Die Fensterscheiben starrten ihn wie riesige Fernrohre an, und er brauchte alle Beherrschung, um nicht plötzlich fortzurennen. Der Kies knirrschte. Bis zur Hütte, an der Abiram vorbei mußte, standen in gleichmäßigen Abständen zehn dieser numerierten Tonnen. Die erste hatte Abiram erreicht. Er duckte sich und wartete, hörte aber nur den eigenen Herzschlag. Dann kam er bis hinter die zweite, die dritte, die vierte Tonne.

Von hier aus konnte er den Eingang der Hütte übersehen. In der offenen Tür lag ein Schäferhund. Er lag mit der Schnauze auf den Pfoten über der Schwelle. Seine bernsteinfarbenen Augen hatten Abiram längst wahrgenommen. In stummer Wachsamkeit verfolgte der Hund jede Bewegung. In der Hütte saß ein alter Mann und schlief.

Abiram schlich zur fünften Tonne. Der Hund robbte ein paar Zentimeter vor. Er knurrte nicht und bellte nicht. Als Abiram an der sechsten Tonne war, hob er den Kopf und begann zu hecheln.

Abiram holte ein Stück Wurst aus der Tasche. Er hielt es in Augenhöhe des Hundes, der den Geruch der Wurst direkt in die Nase bekommen mußte. Es war ein magerer Hund.

Abiram kam zur siebenten Tonne. Er wußte, wenn er jetzt umdrehte und dem Hund den Rücken zukehrte, würde dieser ihn anfallen. Abiram hockte sich hin. Er legte die Wurst auf die Fingerspitzen seiner ausgestreckten Hand. Der Hund blieb bewegungslos. Nur die Zunge fuhr einmal über das Maul.

Er hat Hunger, dachte Abiram und war an der neunten Tonne. Nicht mehr als drei Meter trennten ihn von dem Hund und dem schlafenden Mann. Abiram warf die Wurst herüber. Das Tier zuckte mit den Pfoten. Die Ohren legten sich an, die Nase zitterte. Der Hund stand auf.

»Nimm!« flüsterte Abiram.

Und der Hund bellte. Mit einem Satz stürzte er sich auf Abiram, der die Uniform zwischen sich und das Tier hielt. Polternd schlug Abiram gegen die Tonnen. Der alte Mann kam aus der Tür. »Hierher, Harro!«

Der Hund sprang, die Jacke zwischen den Lefzen, zu seinem Herrn.

Abiram sah in die Mündung einer Pistole.

Der Mann nahm dem Hund die Jacke ab. Er betrachtete sie nachdenklich. »Abgehauen?« fragte er.

Abiram schwieg.

»Hast recht, Junge, mit Kindern gewinnt man keinen Krieg.«

Er warf die Jacke verächtlich in die Hütte, dort, wo der Hund schlief.

Er zeigte auf die Fässer. »Benzin für die hohen Herren, wenn der Iwan kommt.« Der Alte lachte. »Das Spiel ist aus. Und jetzt ab mit dir, eh man dich sieht!«

Er winkte Abiram mürrisch zu, während der Hund an der Wurst schnupperte.

In diesem Augenblick begannen die Glocken zu läuten. Abiram, der keinen anderen Ausweg wußte, floh in die Kirche.

Der Chor sang den Schlußsatz, und die Orgel setzte ein. Langsam erhoben sich die Menschen von ihren Bänken. Abiram wurde mit der Flut der Kirchenbesucher aus der Tür gedrückt. Hier durfte er nicht bleiben. Jeden Augenblick konnte Willi auftauchen. Er lief die Straße entlang bis zum Markt, wo sich ein Treck zum Nachtquartier sammelte, und mischte sich unter die Flüchtlinge. Vielleicht war dies eine Möglichkeit, am nächsten Morgen unbemerkt die Stadt zu verlassen.

Er sah eine junge Frau mit zwei kleinen Kindern an der Hand. Sie trug einen karierten Bettbezug auf dem Rücken, in dem sie ihr Hab und Gut aufbewahrte.

»Geben Sie her, ich trag Ihnen das!« sagte Abiram.

»Warum denn?«

»Weil Sie müde aussehen.«

Das hatte der jungen Frau noch niemand gesagt. Wer kümmerte sich schon darum, ob jemand müde aussah? Sie lächelte und ließ den schweren Sack vom Rücken gleiten.

»Hast du kein Gepäck?«

Abiram warf sich den Sack über und verschwand beinah darunter.

»Nein«, ächzte er.

Das Bündel war viel zu schwer.

»Und deine Leute?«

»Weg, weiß nicht wo. Ich hab sie schon in Breslau verloren.«

»Breslau, bist du auch von da?« fragte die junge Frau.

Während sie sich langsam nebeneinander vorwärts schoben, erzählte sie von ihrer Flucht. Wie sie erst mit viel Gepäck per Bahn gereist seien, aber schon nach hundert Kilometern wieder raus mußten. Dann hätte sie sich das Wichtigste in den Bettsack gesteckt und sei ein Stück im Güterwagen gefahren. Aber dann hätte auch der haltgemacht. Die Gleise waren gesprengt. Seitdem wäre sie zu Fuß unterwegs. Wie lange? Schon viele Wochen. Wer wüßte schon, wie weit es noch ginge.

Sie waren in der Nähe des Alumnates angelangt und mußten sich in einer Reihe hintereinander aufstellen. Abiram zog sich den Sack, so weit es ging, über den Rücken. Sein Kopf war kaum zu sehen.

»Was machen die hier?« fragte er die Frau.

»Abzählen für die Quartiere. Kennst du das nicht?«

»Ich hab mir mein Quartier meist allein gesucht«, sagte Abiram schnell.
»Das kann ich nicht mit den Kindern. Aber bleib ruhig hier, in den Massenquartieren gibt es immer Suppe oder Tee.«
»Fünfundsiebzig, sechsundsiebzig, achtundsiebzig«, zählte die NSW-Schwester, und Abiram war durch.
»Der letzte«, rief sie einem Mann zu.
»Gehörst du mit dazu?«
Die Frau antwortete: »Ja, zu mir!«
»Also ab, dort lang«, die Schwester lief neben Abiram her.
»Wo geht's denn hin?«
»Hier in das große Haus. Da ist Platz, und sauber ist es auch«, sagte die Schwester freundlich, »das ist das Alumnat von unseren Chorschülern.«
Abiram ließ den Sack fallen. Er stand direkt vor den Stufen des Alumnates.
»Das kann nicht sein«, murmelte er.
Die Schwester legte freundlich ihre Hand auf seine Schulter.
»Na, was hast du denn, junger Mann? Das ist ein schönes Quartier. Nach dem, wie du aussiehst, hast du's schon lange nicht gut gehabt!«
»Komm«, rief die Frau, eines ihrer Kinder zerrte ihn an der Hand.
»Nein, ich möchte doch lieber woanders ...«, er sah sich um.
Die Schwester wurde ungeduldig. »Hotelwünsche gibt es bei uns nicht. Du bist eingeteilt, und du gehst mit!«
Sie lud ihm den Sack wieder auf den Rücken.

Jähde hatte auf der Empore der Kirche mit dem Verhör begonnen. Genau die vier Jungen behielt er zurück, die die gestrige Chorprobe versäumt hatten. Nagold nahm auf der Orgelbank Platz, während die Jungen sich in strammer Haltung nicht weit von der Galerie aufstellen mußten. Der einzige, der diesem Verhör mit Gleichmut entgegensah, war Willi. Die Aufregung der ehemaligen Freunde war ihm nicht entgangen. Alles deutete darauf hin, daß mit ihrem Juden etwas schief gegangen war. Er wußte, was er zu sagen hatte, wenn er gefragt würde.

Jähdes Stiefel knarrten auf den Dielen. Er ließ die Jungen warten.

»Zick!« rief er laut, und der Name sprang im Echo von Wand zu Wand bis vor zum Altar.

Zick trat einen Schritt vor. Sein Blick war auf das große Kreuz gerichtet, das in der Kuppel des Mittelschiffes über dem Hauptaltar schwebte.

»Warst du heute auf dem Einwohnermeldeamt?« donnerte Jähdes Stimme.

»Ja«, flüsterte Zick. Es klang überdeutlich durch das leere Kirchenschiff.

»Hast du den Ortsgruppenleiter nach einem gewissen Arthur Dressler gefragt?«

»Ja.«

Zick hörte, wie Jähde hinter ihm stehenblieb. Er mußte ganz dicht sein, Zick hob die Schultern, während seine Hände im Stoff der Hose Halt suchten.

»Und warum hast du wissen wollen, wo Dressler ist?«

Zick kniff die Augen zusammen, zog den Kopf noch weiter ein, gab aber keine Antwort.

»Wer hat dich dorthin geschickt?«

Zick wußte, was kam. Bevor die erste Ohrfeige niedersauste, drehte er sich um. Jähdes Hand landete auf der hölzernen Galerie. Die zweite und dritte Ohrfeige trafen ihn mit doppelter Wucht.

»Halt!« schrien Paule und Antek.

Nur Willi stand still. Der Name Dressler bedeutete ein neues Glied in der Kette um Abiram. Er schwieg, und er wollte auch weiterhin schweigen, bis er alle Beweise in der Hand hatte.

Nagold saß mit vorgebeugtem Oberkörper auf dem Orgeldeckel, das Gesicht in den Händen vergraben. Er hatte nur den einen Wunsch, daß dieses Theater so schnell wie möglich beendet würde.

Jähde holte sich Paule. »Muß man euch denn immer erst die Wahrheit herausprügeln?«

Er sah zu Zick, der an der Galerie hing und sein verheultes Gesicht abwischte.
»Red du für ihn«, sagte Jähde.
Jetzt war es Paule, der an der Galerie stand und auf den Christus starrte.
»Wir vier waren gestern während der Chorprobe in einer Ruine, drüben im neuen Viertel«, begann Paule. »Dort ist eine Speisekammer, die wir durch Zufall entdeckten.«
»Speisekammer?« fragte Jähde.
»Ja. Wir gingen dorthin, wenn wir Freizeit hatten. – Um uns satt zu essen.«
Nagold ließ die Hände vom Gesicht fallen und begann zu lachen. Jähde suchte Spione, schlug Zick in der Kirche, träumte von Verhaftungen, und was fand er? – Würste und Marmelade. »Glauben Sie nicht, daß es besser ist, wenn Sie diese Fragen an einem andern Platz erörtern?«
»Warten Sie, bis ich Sie frage«, sagte Jähde grob. »Also, was war mit dem Keller?«
Paules Hände umklammerten das Geländer. »Dort haben wir gestern gegessen.«
»Und was hat der Keller mit Dressler zu tun?«
»Sehr viel«, sagte Antek.
Paule, das halbe Geständnis auf den Lippen, trat zurück. Mochte Antek es sagen. Zick biß auf die Knöchel seiner Faust. Er bewunderte Antek. Nur Willi blieb skeptisch. Er stand im Chorgestühl, beide Arme seitwärts um die Lehnen der Bänke gelegt. Er wußte, daß Antek jetzt lügen würde.
»Wir erfuhren, daß die Speisekammer einem gewissen Arthur Dressler gehöre«, sagte Antek. Er gönnte weder den Freunden noch Willi einen Blick, er ging auf Jähde zu, bis er dicht vor ihm stand.
»Als wir satt genug waren, bekamen wir ein schlechtes Gewissen. Wir wollten wissen, wen wir bestohlen hatten. Das ist alles, Herr Rektor!«
Willi nahm nachdenklich die Arme vom Geländer. Das Lächeln in seinem Gesicht wich auch nicht, als Jähde ihn als letzten fragte.

»Es ist ja leicht nachzuprüfen«, sagte er zwiespältig.
Jähde nahm seine Worte als Bestätigung. Er ordnete an, daß die Jungen Arrest bekämen. »Das Abendessen wird gestrichen!«
»Das ist schon gestrichen, auch für uns, Herr Jähde. Meine Frau hat außer ein paar Kartoffeln keine Lebensmittel mehr!« antwortete Nagold. »Ich möchte Sie bitten, die Kinder nicht in Arrest zu sperren. Sie haben sich selbst davon überzeugt, daß es sich um eine Bagatelle handelt.«
»Lieber Nagold«, sagte Jähde, während er verächtlich den humpelnden Mann neben sich betrachtete, »ich weiß die Moral der Heimat zu schützen, auch wenn einmal ein Schlag ins Leere geht. Sie wissen, wer Dressler ist!«
»Ja, ja, aber das hat doch nichts mit den Kindern zu tun«, wandte Nagold ungeduldig ein. »Wenn Sie den Nebensächlichkeiten zu großes Gewicht beilegen, belasten sie Unschuldige.«
Die Stille des Kirchplatzes, ohne Geschrei fremder Menschen, ohne pausenloses Artilleriefeuer aus der Ferne, machte Nagold ruhig. Er atmete tief.
»Ich opfere gern zehn Unschuldige«, sagte Jähde, »wenn ich damit einen Schuldigen erwische! Merken Sie sich das. Das sollte auch Ihre Ansicht in unserm Kampf für den Führer sein.«
Zehn Unschuldige für einen Schuldigen, dachte Nagold. Ein merkwürdiger Maßstab der Gerechtigkeit. Schicksal, wer am Leben blieb, Schicksal, wer starb!
Er schloß die Kinder in ihrem Schlafraum ein, ohne sich ihrer anzunehmen.

Antek, Paule und Zick lagen schweigend auf ihren Betten. Sie hatten sich nicht einmal die Mühe gemacht, ihre Schuhe auszuziehen.
»Jähde hat euch geglaubt«, sagte Willi. Sein Blick lief von einem zum andern. »Aber wie lange?«
»Warum hast du nicht widersprochen?« fragte Antek gelangweilt. Er lag mit angehobenem Kopf, das Kinn auf die Brust

gedrückt, die Füße auf die Bettdecke gestellt. »Hat sich in deiner schmierigen Seele doch so etwas wie Gewissen gerührt?« Antek lachte. »Aber jetzt ist es auch egal.«
Willi setzte sich auf Anteks Bett. »Es war noch nicht nötig, deine jämmerliche Lüge aufzudecken. In spätestens zehn Minuten wird Jähde hier sein und euch zur Rede stellen!«
»Zehn Minuten können manchmal eine lange Zeit sein, wenn man abhauen muß«, sagte Paule. Er lag auf dem Bauch, den Kopf seitlich in die Kissen gedrückt.
»Er ist nicht abgehauen, sonst hättet ihr nicht gelogen. So dumm bist du nicht, Paule!« meinte Willi gelangweilt.
»Danke!« Paule warf sich auf die andere Seite.
Willi stand von Anteks Bett auf und stellte sich an die Tür.
»Wenn ihr jetzt die Wahrheit sagt«, begann er leise, und Antek hatte das Gefühl, als klängen Willis Worte wie eine Bitte.
»Wenn du mich fragst Willi, dann sag ich dir, ich weiß nicht mehr den Unterschied zwischen Lüge und Wahrheit.«
Willi fühlte sich verhöhnt, »dann werde ich ihn euch beibringen ...«
»Gar nichts wirst du, außer daß du uns jetzt in Frieden läßt.«
Der Schlüssel dreht sich im Schloß. Die Jungen fuhren erschrocken von ihren Betten.
»Da habt ihr's«, sagte Willi und stand Jähde als erster gegenüber.
»Ich weiß, daß Dressler nie in der Schillerstraße gewohnt hat, oder habt ihr tatsächlich geglaubt, daß ich eure Aussage nicht nachprüfen würde?«
Jähde blickte weder Antek noch einen der andern Jungen an, sondern sah auf seine Uhr.
»Ihr habt drei Minuten Bedenkzeit!«
»Das ist nicht nötig«, sagte Willi.
Antek zog nur die Mundwinkel herunter. »Dann war es ein Irrtum, Herr Rektor, man hat uns eben einen falschen Namen genannt«, höhnte Antek.
»Ich habe Ihnen einiges zu sagen. Darf ich mit hinauskommen?« fuhr Willi dazwischen.

Jähde schloß die Tür auf und ließ ihn hinaus.
Die drei blieben allein.

»Schenken Sie dem Ehrenwort eines Hitlerjungen noch Glauben?«
Jähde, der nervös trommelnd hinter seinem Schreibtisch saß, wußte auf Willis pathetische Einleitung nichts zu sagen.
»Ich muß es wissen, Herr Rektor, wenn ich ehrlich sprechen soll!«
»Da ich dich gut genug kenne, um zu wissen, daß du in Gegenwart des Führers«, Jähde wies mit dem Dauem hinter sich, »nicht lügen wirst, glaube ich dir!«
»Ich danke Ihnen, Herr Rektor, Sie sind der einzige Mensch, dem ich noch vertrauen kann!« Willi wurde rot.
»Setz dich«, antwortete Jähde freundlich.
Willi blieb stehen. »Wer Dressler ist, weiß keiner von uns. Aber eine andere Sache steckt dahinter.« Willi erzählte Jähde, wie er damals zum Singen der Motette gekommen sei. Daß Paule und Antek sie längst gekannt hatten und man ihn, Willi, gezwungen hätte, die Noten vom Blatt zu singen. Antek sei viel bei Kimmich und mit dessen Enkelin befreundet.
Jähde hörte gespannt zu und begann, sich Notizen zu machen, als Willi seinen Bericht schloß.
»Na und weiter?« fragte Jähde, »das ist doch noch nichts!«
Willi nahm sich zusammen. »Mehr möchte ich Ihnen jetzt nicht sagen.«
»Bist du verrückt? Du vergißt wohl, wen du vor dir hast!«
»Nein, Herr Rekor. Aber vorhin haben Sie gesagt, Sie glauben dem Ehrenwort eines Hitlerjungen. Ich bin einer, und ich gebe Ihnen mein Ehrenwort, daß ich Ihnen noch heute abend die Zusammenhänge erkläre, wenn Sie mich jetzt eine Stunde aus dem Arrest befreien!«
»Ach, Quatsch, Arrest«, winkte Jähde, »sag, was los ist und mach nicht so eine Geheimniskrämerei.«
Jähde klopfte bei jedem Wort mit der Faust auf seinen Schreibtisch. Willis Gesicht verschloß sich. Wenn Jähde ihm jetzt auch nicht glaubte, zu wem sollte er dann noch gehen?

War es von ihm zu verlangen, daß er ein zweites Mal die Geschichte von dem Juden ohne Beweise erzählen sollte? Wenn man ihm als Hitlerjungen kein echtes Vertrauen schenken wollte, würde er schweigen. Ohne Vertrauen keine Pflichterfüllung.
Jähde sah an Willis Gesicht, daß nur etwas zu erreichen war, wenn er den Jungen tatsächlich für eine Stunde laufenließ.
»Also«, Jähde stand unter dem Führerbild und sah Willi fest in die Augen, »dann lauf jetzt. Aber vergiß nie, was du damit für eine Verantwortung auf dich lädst. Ein anderer an meiner Stelle würde dir gegenüber wohl kaum so großzügig sein.« Er reichte Willi die Hand. »Ich baue auf dich!«
»Ich werde Sie nicht enttäuschen, Herr Rektor.« Willi schlug die Hacken zusammen. Mit einer zackigen Kehrtwendung verließ er das Zimmer.
Jähde lächelte ihm halb amüsiert, halb befriedigt nach.
Auf dem Flur traf Jähde Frau Nagold. »Packen Sie eigentlich immer noch?« fragte er leichthin.
»Ich – nein, natürlich nicht. Mein Mann wollte es nicht, und«, sie wies auf die Flüchtlinge, die noch in den Gängen herumlungerten, »ich hab ja hier meine Pflichten!«
»So«, nickte Jähde. »Ihr Mann wollte es nicht. Na, vielleicht hat er seine Gründe, warum er plötzlich die Nähe der Russen so liebt!«
»Wie meinen Sie das?« stotterte Frau Nagold verwirrt.
Jähde ließ sie ohne ein Wort der Erklärung stehen. Sie rannte ihm nach, hielt ihn am Arm fest.
»Was haben Sie gegen meinen Mann?« Rote Flecken der Angst begannen sich auf ihrem Gesicht abzuzeichnen.
»Er hat eine bemerkenswerte Art, wichtige Dinge zu bagatellisieren. Das paßt mir nicht!«
Frau Nagold nickte beflissen, aber Jähde beachtete es nicht mehr. Sie stand genau an der Stelle, wo die junge Wahrsagerin ihr die Karten gelegt hatte. Wie war es gewesen? Ein kleiner schwarzer Herr brächte große Gefahr für ihren Mann. Und man solle sich an einen Herrn wenden, der beruflich mit ihrem Mann zu tun hätte. Der würde helfen.

Es war Nacht geworden. Ein leichter Nebel lag über den Dächern der Stadt. Die Stille der nahen Front war bedrükkend. Nur das Rollen der Panzerketten brummte in der Ferne. Willi stand am Brunnen. Die neue Verantwortung, wie Jähde sich ausgedrückt hatte, trieb ihn planlos durch die Stadt. Er hatte nur noch den Wunsch, den Juden zu finden und so sein Pflicht- und Treuegefühl unter Beweis zu stellen.

Während sich Kimmich am Nachmittag aufgemacht hatte, um Abiram aus dem Stadttor zu holen und in Sicherheit zu bringen, hatte Ruth Abirams Ankunft liebevoll vorbereitet. Seit dem Tod der Mutter hatte sie zum erstenmal für drei Personen gedeckt. Hinter dem Kornhaus, wo die Mittagssonne warm schien, pflückte sie die ersten Veilchen, die sie in einem Glas auf den Tisch stellte. Plötzlich stand der Großvater in der Stube, allein. Wortlos nahm er den dritten Teller vom Tisch.
»Wo ist er?«
»Fortgelaufen.«
Sie aßen schweigend zu Abend und warteten die Dunkelheit ab.
»Wir müssen noch einmal gehen«, sagte Kimmich. »Wenn er in der Stadt ist, müssen wir ihn finden. Vielleicht ist er zum Stadttor zurück.«
Nachdenklich schob er die Teller zusammen. »Wenn er Hunger bekommt, könnte es sein, daß er sich nachts Essen holt.«
»Darf ich mitkommen?« fragte Ruth. Sie hatte den ganzen Abend kaum ein Wort gesprochen.
»Du mußt sogar mitkommen, denn dir wird er vertraun!«
Als Kimmich mit Ruth das Haus verließ, bemerkten weder er noch sie, wie sich eine Gestalt aus dem Schatten des Kornhauses löste und ihnen folgte.
Ruth hatte ihre Hand zwischen die Finger des Großvaters geschoben. Seit Jahren waren sie nicht mehr so nebeneinander gegangen. Ruth hatte unter dem Schutz des Großvaters das Gefühl, daß doch noch alles gut werden würde.

»Wie still es heute ist«, sagte sie leise, als sie den Marktplatz überquerten, »beinah wie früher –«
»Ja«, sagte Kimmich, »aber es ist keine gute Stille!«
Nach einer Weile fuhr er noch leiser fort: »Wenn wir Glück haben, sind morgen die Russen da. Wenn aber neue Volkssturmtruppen eingesetzt werden, dann sieht es schlimm aus!«
»Weißt du, ob man das tun wird?«
»Nein, Ruth. Woher soll ich das wissen? Unsere Stadt ist bis auf einen kleinen Streifen nach Westen eingeschlossen.«
Kimmich kämpfte gegen eine tiefe Müdigkeit, die ihn seit dem Augenblick befallen hatte, da sein Versuch, das jüdische Kind zu retten, mißglückt war. Es bedrückte ihn nicht die persönliche Gefahr, die ihn zwangsläufig durch Abiram mit Dressler verband, sondern es waren Argwohn und das Mißtrauen.
Ruth und Kimmich kamen zum Stadttor.
»Großvater!« sagte Ruth und schüttelte Kimmich aus seinen Gedanken. »Du gehst die Treppe zum rechten Turm hinauf, ich auf die andere Seite.«
Ruth wartete, bis sie den Großvater im gegenüberliegenden Turm hörte.
Plötzlich vernahm sie ein knisterndes Geräusch. Ruth sprang zurück und lief durch den Torbogen.
Da mußte es sein. Eine Gestalt huschte vorüber. Abiram! Aber ehe sie auf ihn zugehen konnte, war er im Dunkel verschwunden. Der winklige Schatten des Tores zog sich weit über die Schutthaufen hin.
Rufen konnte gefährlich sein. Sie hob die Hände zum Mund und ließ den Käuzchenruf ertönen. Wenn es Abiram war, mußte er jetzt aus den Schatten zu ihr kommen. Endlich sah sie, wie er sich vorsichtig von dem viereckigen Grau der Stadtmauer löste. Ruth lief mit ausgestreckten Händen auf ihn zu: »Abiram, Abiram, nicht weglaufen! Ich bin es, Ruth! Großvater und ich sind hier, um dir zu helfen. Komm her!«
Sie zerrte ihn aus dem Schatten in das fade Mondlicht.
Da erkannte sie Willi.

Willi lachte heimtückisch.
»Vielen Dank, Ruth!«
»Willi«, schrie sie, aber er war schon längst verschwunden, und sie taumelte schluchzend Kimmich entgegen.
»Ich hab Schuld! Ich habe ihn wieder verraten und dich auch.«
»Wer war das eben?«
»Willi.«
»Was hast du gesagt?«
»Ich hab ihn nicht erkannt. Ich dachte, es wäre Abiram, und ich rief: Abiram, komm her, der Großvater und ich wollen dir helfen.«
Kimmich nickte, als wenn er das alles schon gewußt hätte.
»Es haben alle Fehler gemacht, nicht bloß du, Ruth.«
Sie gingen in die Stadt zurück. Im Osten setzte Geschützfeuer ein. Die Stille der Nacht war vorbei.

Aufrecht stand Willi Jähde gegenüber und löste sein Ehrenwort als Hitlerjunge ein. Vom Ernst des Augenblicks ergriffen, berichtete er, ohne auf die geringste Einzelheit zu verzichten, den Ablauf von Abirams Erscheinen, über dessen Flucht, bis zu Ruths Verhalten.
Jähde, der Willi mit wachsendem Interesse zuhörte, hatte den Bericht nur einmal unterbrochen. »Was, sagst du, ein Jude?«
Willi hatte Abirams Alter nicht angegeben. Alle Juden waren Volksschädlinge, egal, welchen Alters sie waren. War es nicht besser, sie wurden beiseite geschafft, bevor sie erwachsen waren und das deutsche Volk verdarben?
Jähde sah in Willis Bericht seinen Verdacht auf Spionage bestätigt. Der Kommunist Dressler, der Pazifist Kimmich und der Jude im Uniformrock. Die Kinder hatte man als Nachrichtenträger verwandt, um so dem Zugriff der Gestapo zu entgehen. Jähde erkannte das Ausmaß der Verschwörung. Hier war der Grund zu suchen, wieso die russische Front so weit vor die Tore der Stadt dringen konnte. Durch den Verrat dieses Dreiecks war es gelungen, daß die Wunderwaffen nicht zum Einsatz kamen, daß die versprochene Panzerdivision

fern blieb und somit Stadt und Volk dem Untergang zugeführt werden sollten. Jähde erkannte, daß es jetzt an ihm lag, die Stadt zu retten.
Er legte Willi die Hand auf die Schulter, und seine Stimme war bewegt.
»Du hast Führer und Vaterland einen großen Dienst erwiesen. Ich bereue es nicht, dir mein Vertrauen geschenkt zu haben!«
Willis Gesicht rötete sich vor Stolz. »Danke, Herr Rektor!«
»So, und nun geh. Ich werde die weiteren Dinge veranlassen!«
An der Tür holte ihn Jähde noch einmal zurück.
»Im übrigen, kein Wort zu den anderen Jungens, verstanden?«
»Jawohl!«
»Du stehst dafür gerade, daß nicht neuer Unsinn passiert! Nachdem du dich so bewährt hast, möchte ich dir die Bewachung deiner ehemaligen Freunde überlassen.« Jähde lächelte vielsagend. »Ich nehme an, das wird dir nicht schwerfallen!«
»Nein, Herr Rektor!« Willi knallte die Hacken zusammen.
Jähde ging sogleich zu Kreisleiter Hoffmann, um ihn von der Wichtigkeit seiner Entdeckung zu überzeugen. Als Jähde vergeblich auf den Klingelknopf der Hoffmannschen Dienstwohnung drückte, ahnte er nicht, was sich da hinter verschlossenen Türen abspielte.
Es war ein sehr kurzes Telefongespräch gewesen, das Kreisleiter Hoffmann am Nachmittag geführt hatte. Dann gab er dem Ortsgruppenleiter einige Informationen. Stundenlang verbrannte er in seinem Büro Unterlagen. Danach hatte Kreisleiter Hoffmann zu packen begonnen, und dann fuhr er im Dienstwagen zum Lager und ließ Tank sowie Reservetank bis zum Rand füllen.
Als Jähde klingelte, war die Hauptarbeit getan und es ging dem Kreisleiter jetzt nur noch darum, einen günstigen Zeitpunkt zu finden, um ohne viel Aufhebens die Stadt gen Westen verlassen zu können.

»Welcher Idiot ist das?« fuhr er hoch, als die Glocke durch den Flur schrillte.

»Mach einfach nicht auf!« sagte seine Frau.

Aber es klingelte hartnäckig weiter. Hastig zog er sich die Uniformjacke über seine Zivilhose.

»Jähde, Sie?« fragte er mißtrauisch.

Jähde bemerkte die Unhöflichkeit des Kreisleiters nicht.

»Ich muß Sie sprechen!«

Er drängelte sich vorbei zum Dienstzimmer. Hoffmann konnte noch rechtzeitig die Tür zum Wohnzimmer schließen.

Jähde sah sich verduzt im Dienstzimmer um. Etwas erschien im fremd, aber er wußte nicht was.

»Ich habe aufgeräumt und alte Karteien aussortiert«, sagte der Kreisleiter, während er auf die leeren Regale wies.

Jähde nickte und machte in militärischer Kürze seine Meldung.

»Sehr interessant«, sagte Kreisleiter Hoffmann, während er fieberhaft überlegte, wie er diesen irren Schwätzer loswerden könnte.

»Begreifen Sie die Zusammenhänge, Herr Kreisleiter?« fragte Jähde.

»Ja, ja, natürlich. Wie heißt der Mann? Ich meine, dieser Jude mit der Uniform?«

»Abiram!«

»Ach ja, ich entsinne mich. Wurde als spionageverdächtig durchgegeben«, sagte der Kreisleiter, um Jähde abzulenken.

Hoffmann ging mit schnellen Schritten auf und ab. Dieser Jähde brachte es noch fertig, ihn um die einzige Möglichkeit der Flucht zu bringen. Wenn er, Hoffmann, nicht innerhalb der nächsten drei, vier Stunden aus der Stadt käme, war der Weg nach Westen abgeschnitten. Was interessierten ihn der Jude, Kimmich oder Dressler? Für den Kreisleiter gab es nur noch ein Problem, nicht in die Hände der Russen zu fallen.

»Hören Sie zu«, sagte er plötzlich, »ich möchte gern, daß Sie persönlich den Fall übernehmen. Ich kann mich auf niemanden in dieser heiklen Angelegenheit so gut verlassen wie auf Sie!«

Der Kreisleiter ging zu seinem Schreibtisch und beschrieb ein Papier.
»Hier«, sagte er, »damit haben Sie eine Vollmacht bis zur letzten Konsequenz. Machen Sie Gebrauch davon, wann immer Sie es für nötig halten!«
»Sie wollen mir sämtliche Vollmachten in diesem Fall übertragen, Herr Kreisleiter?« Jähde konnte sich nicht erklären, warum Hoffmann ihm ein solches Maß an Verantwortung zuschob.
»Sehen Sie in dieser Aufgabe einen Beweis Ihrer Treue zu Führer und Vaterland. An uns alle werden heute höhere Anforderungen gestellt. In Zeiten der Not muß jeder über sich selbst hinauswachsen.«
Hoffmann redete immer schneller, er spürte, wie Jähde ihm Wort für Wort glaubte.
»Überlegen Sie sich ihr Vorgehen gründlich und machen Sie mir morgen Meldung. Ich habe jetzt keine Zeit mehr!«
Jähde ging. In der Hand hielt er die Vollmacht, die ihm alle Rechte überließ, von der Verhaftung bis zum Standgericht, eine stolze Krönung seiner nationalsozialistischen Gesinnung.

Ein forderndes Klopfen weckte Frau Nagold.
»Walter«, ihre Hand fuhr zu Nagolds Kopfkissen, »hörst du, es klopft jemand!«
Nagold wachte auf.
»Vielleicht sind die Russen da«, flüsterte sie.
»Mein Gott, die Russen«, sagte er ungeduldig, »warum sollten sie denn ausgerechnet an unserer Tür klopfen?«
Er stand auf und humpelte auf einem Bein zur Tür.
»Tut mir leid«, sagte Jähde barsch. Er sah sich in der Wohnung um. »Wieder ausgepackt? Keine Angst mehr, was?«
»Haben Sie mich geweckt, um mich das zu fragen?«
Jähde musterte Nagold. Er ging lange im Zimmer auf und ab, ohne ein Wort an den wartenden Nagold zu richten. Plötzlich blieb er vor ihm stehen.

»Wo ist Abiram?«

Nagold, der hinter dieser Frage wieder eine Ausgeburt von Jähdes Wachsamkeit glaubte, fragte: »Wer ist denn das nun wieder: Abiram?«

»Gewöhnen Sie sich einen anderen Ton an«, sagte Jähde.

Nagold erschrak. Hier hatte er nicht mehr einen hysterischen Vorgesetzten gegenüber, sondern einen Mann, der zu allem entschlossen war.

»Ich kann es Ihnen wirklich nicht sagen.«

Er merkte plötzlich, wie ihm das Stehen auf einem Bein schwer wurde, fühlte sich aber nicht in der Lage, vor Jähde in seinen lächerlichen Sprüngen zu einem Stuhl zu hopsen.

»Man könnte es Ihnen fast glauben«, sagte Jähde leise. »Wenn sie nicht so einen hinterhältigen und verschlagenen Charakter hätten!«

Damit verließ Jähde die Wohnung.

Frau Nagold erschien mit aufgerissenen Augen in der Tür. »Was soll man machen«, jammerte sie, »auspacken oder einpacken, fortlaufen oder hierbleiben? Alles wird einem falsch ausgelegt!«

Als Willi in den Schlafraum zurückkam, empfingen ihn die Jungen mit Schweigen. Sie hatten sich so in ihre Betten gelegt, daß ihre Gesichter Willi zugewandt waren. Willi fühlte ihre Verachtung. Ohne daß ein Wort des Vorwurfes gefallen war, glaubte er sich plötzlich verteidigen zu müssen. Er saß auf seinem Bett und zog sich aus.

»Ihr seid selbst schuld, warum habt ihr nicht die Wahrheit gesagt!«

Willi bekam keine Antwort.

»Was blieb mir anderes übrig? Einer mußte sich schließlich darauf besinnen, daß wir in der Hitlerjugend sind!«

Keine Antwort.

»Ihr denkt wohl, das war alles einfach für mich? Ihr habt bloß ans Fressen gedacht. Paule hat selbst gesagt, seine Ehre als Hitlerjunge ginge nicht weit!«

Willi horchte. Einmal mußte eine Antwort kommen. Er hatte sich ausgezogen und stand im Schlafanzug an seinem Bett.
»Soll wohl eine Strafe sein, daß ihr mir keine Antwort gebt, was?«
Er lief an den Fußenden der Betten auf und ab.
Dann blieb er vor Antek stehen.
»Na schön, ich bin zwar zum Schweigen verpflichtet, aber wir waren einmal Freunde, und deshalb will ich euch die Wahrheit sagen.«
Aber es kam keine Frage, kein Heben des Kopfes, nichts.
Willi stellte sich vor Anteks Bett auf.
»Durch mich hat Jähde nur indirekt die Zusammenhänge erfahren. Es war eure Freundin Ruth, die mich auf die Fährte gelockt hat.«
Willi hoffte, daß Antek Ruth verteidigen würde.
Aber nichts.
Da verlor Willi die Nerven. Er sprang zu Antek aufs Bett.
»Hör nur richtig hin! Deine Ruth war es, mit ihrem Kriegsverräter von Großvater!«
Antek drehte sich als Antwort nur um.
Willi sprang vom Bett. »So wollt ihr mich fertigmachen? Das wird euch nicht gelingen. Mit mir nicht! Ich habe von Jähde Befehl, euch zu bewachen!«
Willi zerrte, außer sich vor Wut, seinen Strohsack vom Bett und warf ihn quer vor die Tür.
»Solange ich vor der Tür liege, kommt keiner von euch raus.«
Er schloß die Tür ab, wickelte sich in seine Decke und behielt den Schlüssel in der Hand. »Ihr habt es nicht anders verdient, und es geschieht euch recht so.«
Die ersten Morgenstrahlen tasteten sich durch die Verdunklung. Zick wachte auf. Sein Blick fiel auf Willi, der schräg vor der Flurtür lag. Paule und Antek schliefen fest. Zick überlegte. Er mußte pinkeln. Aber wie sollte er aus der Tür kommen, ohne mit Willi zu sprechen? Und gerade das hatten sie sich gestern vor Willis Rückkehr versprochen. Zick angelte vorsichtig nach seinen Latschen. Willi war sofort wach.

»Wo willst du hin?« knurrte Willi.
»Pinkeln!« zischte Zick wütend zurück, in der Hoffnung, Antek und Paule würden es ihm nicht als Wortbruch anrechnen.
Willi zeigte sich unentschlossen. Vielleicht war das eine Falle?
Zick trat von einem Bein auf das andere.
»Schwein«, murmelte Willi wütend und öffnete die Tür, »wehe, wenn du nicht in zehn Minuten wieder da bist!«
Er packte Zick am Schlafanzug. »Ich seh aus dem Fenster, Freundchen, mach keine Dummheiten!«
Zick verschwand im Dämmerlicht des Flurs.
Die oberen Toiletten waren verschlossen. Zick ging eine Etage tiefer. Hier brannte in den Fluren das blaue Nachtlicht. Zick kletterte über Säcke und Koffer. Leute schliefen auf dem Gang. Jeder hielt die Arme fest um seine Habseligkeiten gelegt. Zick war erleichtert, in der unteren Etage eine freie Tür zu finden. Er schlich leise an der Wand entlang, um niemanden zu wecken.
Da öffnete sich eine der Klassentüren, und eine kleine Gestalt huschte heraus. Abiram. Zick erkannte ihn sofort. Da entdeckte ihn auch Abiram und schlich auf ihn zu. »Du kannst nicht raus«, flüsterte Zick, »Willi steht am Fenster. Sie sind hinter dir her!«
»Weiß einer, daß ich hier bin?«
»Vielleicht!«
»Gibt es noch einen anderen Ausgang?« fragte Abiram. Er sah aus dem Fenster zum Himmel, der mit jeder Minute heller wurde.
»Ist hier irgendwo ein Versteck?«
Zick nahm ihn an der Hand. Sie durchschritten den langen Flur ohne Hast, so daß niemand etwas anderes hätte annehmen können, als daß dort zwei Schüler des Alumnates zu ihrem Schlafraum gingen.
Am Geländer zogen sie sich hoch in den nächsten Stock. Sie waren an Nagolds Wohnung vorbeigekommen und hatten den obersten Treppenabsatz erreicht.

»Dort«, sagte Zick, dicht an Abirams Ohr. Er zeigte auf eine Tür ohne Klinke.
»Der Dachboden. Du mußt ganz links gehen, sonst können Nagolds deine Schritte hören. Am Ende geht es ein paar Stufen hinunter. Da kannst du dich in der Dachschräge zwischen den Balken verstecken.«
»Kommt dort niemand hin?«
»Nein. Jetzt, wo geschossen wird, geht keiner rauf.«
Zick wollte sich gerade wieder umdrehen, als Abiram ihn zurückhielt.
»Kommt ihr wieder?«
»Ja, wir kommen. Ich weck Antek. Der wird schon wissen, wie wir es machen. Du brauchst dich nicht zu fürchten!«
Zick hing seinen Oberkörper über das Geländer und rutschte hinunter, während Abiram hinter der Dachbodentür verschwand.
Willi hatte trotz Zicks Abwesenheit ein paar Minuten geschlafen. Als Zick vorsichtig über ihn hinüberstieg, winkte er nur zum Zeichen, daß er Zicks Rückkehr bemerkt hätte. Dann wälzte er sich zur Seite. Sein rundes Gesicht lag mit halb geöffneten Lippen auf dem Kissen. Er schlief.
Zick kroch aus seinem Bett und schlüpfte unter die Decke des schlafenden Anteks. Der war sofort wach. Atemlos flüsterte ihm Zick ins Ohr, daß er Abiram getroffen und ihn auf dem Dachboden versteckt hatte.
Willi wachte nicht auf, als Antek Paule weckte, und er wachte nicht auf, als die drei Jungen sich angezogen. Selbst als der Schnürsenkel von Paules Stiefel riß und sein Ellbogen dumpf gegen die Kante des Bettes schlug, grunzte Willi nur.
Antek stieß Paule an. Wer sollte den Versuch machen, als erster über Willi wegzusteigen? Paule zeigte Antek eine Faust, dann auf Willis Kinn. Antek kniete sich neben Willi. Falls dieser aufwachte, würde er ihn mit einem gezielten Kinnhaken wieder in den Schlaf zurückbefördern. Als jetzt Paule über Willi hinwegstieg, war nur das Atmen der vier Jungen zu hören. Dann ging alles schnell. Antek schloß als letzter die Tür.

Schnell waren sie auf dem Dachboden. Nach kurzem Suchen entdeckten sie Abiram. Sie gaben sich nicht die Hand, sie hatten auch keinen Gruß für Abiram. Sie setzten sich neben ihn auf den Balken.
»Erzähl, wie bist du hierher gekommen?«
Abiram erzählte.
»Das war Kimmich«, sagte Antek, als Abiram von dem Mann mit den weißen Haaren sprach, der seinen Namen wußte.
»Dann hat Ruth doch gequatscht«, meinte Paule.
»Vielleicht hat Willi gedroht«, sagte Antek.
»Vielleicht!»
Antek drückte einen Ballen Staub in seiner Hand zusammen.
»Kimmich war unsere einzige Hoffnung«, sagte er und ließ das Kügelchen auf einen schrägen Balken rutschen.
»Der ist ja jetzt selber in Gefahr«, sagte Paule.
Abiram nickte.
»Ich weiß noch eine Möglichkeit«, sagte Antek gedehnt.
»Was?«
Zick rückte naher.
»Ich geh zu Nagold!«
Paule winkte ab, »der ...«
»Ich hab ihn immer gern gehabt. Er wird helfen, wenn ich zu ihm gehe.«
»Du weißt doch, wie blöd er sich benommen hat, als wir damals zu spät gekommen sind«, wehrte Paule ab.
»Das war etwas anderes. Wir haben ihm bloß nicht getraut, und deshalb ist er böse geworden.«
»Und wenn's schiefgeht?« wisperte Zick.
»Er hat recht«, sagte Abiram, »es ist gefährlich, was Antek vorhat.«
Antek wollte nichts davon hören.
»Ich geh zu ihm, bevor das Haus wach ist. Ihr bleibt oben. Keiner verläßt den Dachboden, bis ich wieder hier bin!«
Er wartete keine Zustimmung ab, sondern machte sich gleich auf den Weg, während die anderen mit klopfenden Herzen zwischen den Balken und Dachschindeln zurückblieben.
Antek hatte sich sein Vorgehen überlegt. Es war am besten,

Nagold mit hinaufzunehmen und ihn vor die vollendete Tatsache zu stellen. Antek glaubte, daß er ihnen in dieser bedrohlichen Situation irgendwie helfen würde.
»Ist was passiert, Antek?« fragte Nagold voller Unruhe, als Antek so aufgeregt an seiner Tür stand.
»Ja, Herr Nagold. Es hängt mit unserer Verspätung zur Chorprobe und mit Dressler zusammen. Wollen Sie uns helfen?«
Nagold fühlte durch Anteks Frage gleich die Gefahr. Sein Inneres wehrte sich mit aller Kraft. Was wollte man noch von ihm, hatte er nicht genug geleistet? Und was ging ihn der Kommunist Dressler an?
Endlich sagte Nagold: »Was willst du?«
»Ich möchte Sie bitten, mitzukommen!«
Nagold umkrampfte die Klinke. Es zuckte ihm in der Hand, die Tür hinter dem Jungen zuzuwerfen. Was ging ihn das alles an?
Antek dreht sich um. »Kommen Sie?«
Nagold humpelte ohne eine weitere Frage hinter Antek die Treppe hinauf, über den staubigen, kahlen Dachboden hinweg, bis hinten in die Winkel des Gebälks, wo er Paule, Zick und einen fremden, schwarzhaarigen Jungen fand. Sie starrten ihn an.
»Wer ist das?« fragte Nagold.
Er hatte erwartet, Dressler hier oben vorzufinden.
Antek stellte sich neben Abiram.
»Er ist von der Straße. Wir haben ihn in unserem Keller gefunden. Er hat keine Eltern mehr.«
»Dann muß er in ein Sammellager, wie andere auch. Ist das ein Grund, ihn hier auf dem Dachboden zu verstecken?«
»Nein«, sagte Antek gedehnt, »aber wir müssen ihn verstekken, weil Jähde und Willi hinter ihm her sind.«
Nagold verstand immer weniger, er spürte den Ärger in sich aufsteigen. »Ihr übertreibt die Geschichte etwas, Kinder. Warum sollen Herr Jähde und ausgerechnet Willi hinter einem Flüchtlingsjungen her sein?«
Die Jungen sahen sich an. Abiram wich bis an die Balken

zurück. Jetzt mußte es gesagt werden. Antek griff in die Tasche. Ohne ein Wort zu sagen, hielt er Nagold den Davidstern entgegen.
»Heißt er Abiram?« fragte Nagold, den Blick auf Anteks Hand gerichtet.
»Ja«, sagte Antek, »und Willi kennt ihn. Er hat Jähde alles erzählt. Kimmich wollte Abiram helfen, aber Abiram ist fortgelaufen, weil er Angst vor ihm hatte.«
»So«, unterbrach Nagold schnell, »Kimmich wollte helfen. Warum seid ihr denn nicht zu dem gegangen? Der kennt sich in solchen Situationen viel besser aus. Warum seid ihr zu mir gekommen? Was kann ich denn tun?« Nagold sprach schnell. »Kimmich ist der bessere Mann für eure Rettungsversuche!«
»Wir kommen ohne Sie hier nicht raus«, sagte Antek. »Wir brauchen Sie, und wir verlassen uns auf Sie. Kimmich kann erst wieder helfen, wenn wir Abiram aus dem Alumnat gebracht haben!«
Nagold drehte sich um. Hatte er sich für Führer und Vaterland zum Krüppel schießen lassen, um für einen Judenjungen zu sterben? Wenn Jähde merkte, daß er mit dahinter steckte, mußte er mit einem Standgericht rechnen.
»Wie hängt euer Abiram mit Dressler zusammen?«
Antek sagte es ihm.
»Wißt ihr, daß Dressler ein Kommunist ist, gegen den ein Haftbefehl läuft?«
»Das ist doch jetzt egal!« antwortete Paule.
»Egal? Nein, mein Junge, egal ist das nicht. Jähde vermutet, daß Dressler, Kimmich und Abiram Spione sind!«
»Aber wir müssen hier raus, sonst ist er verloren. Verstehen Sie das nicht?«
Antek spürte das Zögern in Nagold.
»Ja, ich verstehe.« Nagold wußte plötzlich, daß es am besten war, gar nichts zu tun.
»Ich habe nichts gesehen und nichts gehört. Das mag dem Juden helfen. Und ihr«, er sah Antek und Paule an, »ihr seht zu, daß ihr so schnell wie möglich in euren Schlafraum kommt.«

Nagold sah sich nicht um, fragte nicht, ob die Jungen seinem Rat folgten, und es interessierte ihn nicht, wie der Jude fortkommen sollte. Er schlurfte durch den Staub dem Ausgang zu. Die Jungen waren allein.
»Ja«, sagte Abiram und versuchte ein Lächeln. »Dann werde ich eben gehen.«
»Wohin denn?«
»Ich weiß nicht, Antek. Es ist letzten Endes egal, wo man erwischt wird. Ich bin nun mal ein Jude. Unter euch hatte ich es vergessen!«
Er gab Antek die Hand.
»Leb wohl!«
Antek übersah die Hand. »Du gehst nicht!«
»Doch, ich gehe.«
»Dann kommen wir mit!« sagte Paule plötzlich.
»Nein, Paule. Einen Juden läßt man laufen, das hat auch euer Lehrer gesagt.«
Antek klopfte sich den Staub von der Hose.
»Den Abiram lassen wir nicht allein, der gehört zu uns!«
Sie krochen aus ihrem Versteck, nahmen Abiram zwischen sich, gingen über den Dachboden und stießen die Tür auf. Sie stiegen die Treppen hinunter bis zum Portal des Alumnates, sahen weder rechts noch links und kümmerten sich nicht darum, wer sie beobachtete oder verfolgte.

Frau Nagold umkreiste aufgeregt ihren Mann, der mit weit ausgestreckter Prothese in der Küche auf einem Hocker saß.
»Ein Jude im Haus!« schluchzte sie in Angst, »das ist so gut wie ein Todesurteil!«
»Die Jungen hofften, daß ich ihren Juden in Sicherheit brächte«, sagte Nagold.
Frau Nagold kniete vor ihm nieder. »Jähde hat doch gestern nach diesem Abiram gefragt, nicht?«
»Ja, er verdächtigte mich.«
Ihre Hände umklammerten ihn. »Das bedeutet ...«
Nagold nickte.
»Du mußt den Juden anzeigen!« flüsterte sie.

»Er ist ein Kind!«

»Ach, ein Kind«, Frau Nagold sprang auf. »Haben wir diese Gesetze gemacht, nach denen wir leben müssen?«

Nagold rührte sich nicht.

»Sag doch endlich was. Du sitzt da, als ob dich das alles nichts anginge!«

Die Angst machte sie böse. »Es muß etwas geschehen, oder willst du warten, bis Herr Jähde dich verhaften will?«

Sie schrie ihm ins Gesicht und rüttelte an seinen Rockaufschlägen.

»Sag mal«, fragte sie plötzlich ganz leise, »hat dieser Jude schwarze Haare?«

»Ja.«

»Ist er klein?«

Sie nickte, bevor er antwortete. Jetzt wußte sie es. Dieser Jude war der kleine Herr, der ihrem Mann Unglück brachte, und jetzt mußte sie zu einem Herrn gehen, der beruflich ... Natürlich, sie mußte zu Jähde, um ihren Mann zu retten.

»Warum willst du das wissen?« fragte Nagold verständnislos.

»Ich weiß nicht«, sagte sie. »Ich komme gleich wieder, ich muß in die Küche runter.«

Er war froh, daß sie das Zimmer verließ.

Ein Gerücht hatte die Menschen aus dem Schlaf gerissen. Der Weg nach Westen sollte abgeschnitten sein. Die Russen hätten die Stadt umzingelt, keiner käme mehr durch. Die ersten Wagen, die früh ausgezogen waren, sollten wieder auf dem Rückweg sein.

Frau Nagold hörte das alles nicht. Sie lief zu Jähde. Er war überhaupt nicht im Bett gewesen. Auf seinem Schreibtisch lagen mit Bleistift beschmierte Blätter, die immer wieder die Namen Dressler, Kimmich und Abiram trugen.

»Herr Jähde«, keuchte Frau Nagold, »mein Mann hat keine Schuld! Glauben Sie mir!«

»Reden Sie!«

»Auf dem Dachboden steckt ein Jude! Antek und Paule haben ihn dort versteckt, mein Mann sollte ihn rausschmuggeln.«

Jähde war schon an der Tür.
»Also doch!!« schrie er.
»Aber er hat es nicht getan! Er hat es nicht getan! Hören Sie denn nicht?«
Frau Nagold wankte hinter Jähde her. »Er hat es nicht getan! Er hat es nicht getan!« Ihre Füße versagten. Sie zog sich mit dem Händen am Geländer hoch. »Er hat es nicht getan! Hören Sie doch!«
Irgend jemand löste ihre Finger von den Stäben. »Beruhigen Sie sich um Gottes willen!«
Sie drückte die fremden Hände. »Er hat es wirklich nicht getan«, murmelte sie und begriff erst jetzt, daß nicht Jähde neben ihr stand, sondern ein Flüchtling.
Im Vorbeirennen stieß Jähde die Tür zum Schlafraum der Jungen auf. Willi rollte unsanft über den Erdboden.
»Komm sofort raus, wenn dir dein Leben lieb ist!«
Willi taumelte aus seinem Schlaf. Die Betten der Jungen waren leer, ihre Sachen weg.
Als Jähde die oberste Treppe erreicht hatte, kam ihm Nagold entgegen.
»Holen Sie die Bande herunter!« schrie Jähde und fuchtelte mit seiner Pistole.
Nagold hinkte die letzten Stufen zum Dachboden hinauf. Jähdes Flüche folgten ihm. Er war froh, als ihn die staubige Leere des Dachstuhls aufnahm.
»Antek!«
Nagold lief zum anderen Ende des Dachbodens. »Antek, Paule!«
Er kletterte durch das Gebälk. Er rief und schrie. Er flehte, die Jungen mögen aus ihren Verstecken kommen, bis er begriff, daß er hier allein herumkletterte.
Nagold hielt sich an einem Balken.
»Sie sind fort«, flüsterte er. Die Jungen hatten die Gefahr auf sich genommen, einen Juden zu retten. Nagold fühlte Ekel vor sich selbst. Er war nicht nur ein Krüppel – die Balken tanzten vor seinen Augen. Er fiel längs, seine Hände griffen ins Leere. Neben ihm brach das Dachfenster.

Der Beschuß hatte begonnen. Als erstes war das Benzinlager am kleinen Fabrikgelände getroffen worden. Nagold riß sich hoch. Die Jungen mußten jetzt sinnlos vor Angst in der Stadt umherirren. Er mußte sie in einen Keller bringen.
Willi sah, wie Nagold Jähde zur Seite stieß und merkwürdig springend die Treppe herunterkam.
»Sie sind fort!« Nagold stieß seine Frau zur Seite. »Mach, daß du in die Krypta kommst.«
Er schüttelte sie ab.
»Ich will nicht!« Sie hängte sich an ihn. »Lieber will ich mit dir sterben!«
Sie krampfte sich in seinen Kleidern fest.
Mit Gewalt löste er ihre Hände. »Bringen Sie meine Frau in den Stadtbunker«, sagte er zu einer jungen Frau und war im Gewühl verschwunden.
Willi stand Jähde allein gegenüber.
Die Sirenen heulten, und die Glocken dröhnten.
»Noch ist nichts verloren!« schrie Willi in Jähdes bleiches Gesicht. »Ich bringe Ihnen den Juden her! Ich verspreche es Ihnen!«
Jähde hörte nicht. Er stürzte ans Fenster und sah, wie sich der Marktplatz mit Menschen füllte, die der Kirche zustrebten, um in der Krypta Schutz zu finden.
Am Stadtrand peitschten die ersten Maschinengewehrschüsse. Jähde wußte, was das bedeutete. Der Russe stand vor den Toren der Stadt.
Jähdes Hand tastete nach seiner Vollmacht. Der Jude war entkommen. Was sollte er dem Kreisleiter melden? Vielleicht, daß der Jude unter dem Dach des Alumnates mit seinen Schülern das Werk des Verrats vollendet hatte?
»Bring mir den Juden her!« brüllte er Willi an. »Los, bring ihn her!« Seine Finger umkrallten die Vollmacht.
Die oberen Flure des Alumnates hatten sich geleert. Während Willi die Treppen hinuntereilte, um Abiram zu finden, lief Jähde oben von Tür zu Tür.
»Den Juden her, dieses Schwein!« schrie er.

Das alte Kornhaus hatte einen Volltreffer bekommen. Das wuchtig geschwungene Walmdach war wie von Riesenhänden eingedrückt. Gelblich-graue Staubwolken wälzten sich über den Markt.
Willi rieb sich die Augen. Der Husten ließ ihn kaum Luft holen. Er tastete sich vorwärts. wollte zur Krypta. Dort mußten die Jungen mit Abiram sein. Willi stolperte, fiel und schlug sich das Gesicht auf.
Ich muß ihn finden, dachte er, ich hab es versprochen!
An der Gasse, die zum Kirchplatz einbog, sah er Antek und Ruth. Da konnte auch der Jude nicht weit sein. Er holte die beiden ein. An der Kirche drängten sich die Menschen. Kimmich sah Willi hinter Ruth und Antek auftauchen.
»Habt ihr ihn geholt?« fragte Kimmich.
»Wir?«
Jetzt erst sah Antek Willi hinter sich stehen.
»Nein«, Antek schüttelte den Kopf, »den würde ich nie holen. Soll er sehen, wo er bleibt!«
Kimmich hörte nicht auf Anteks Worte. Er wollte Willi mit in die Krypta nehmen.
»Komm, Junge«, sagte er.
Aber Willi wich ihm aus, als widere ihn die Berührung des alten Mannes an.
»Wo ist Abiram?« schrie er.
Die Menschen drängten sich immer dichter. Willi hatte alle Mühe, nicht in den Sog zu kommen, der ihn mit den anderen in die Kirche trieb.
»Er ist bei mir!« schrie Kimmich zurück. Das Schießen hatte abermals begonnen. »Sei vernünftig und komm mit in den Keller!«
Willi ruderte mit den Armen, um sich gegen den Menschenstrom zu wehren. Nie würde er sich in der Kirche verstecken, während Jähde auf seine Meldung wartete. Er mußte zurück, damit Jähde den Juden und Kimmich aus der Krypta holen konnte.
Die Kugeln peitschten über die Straße. Irgendwo schrien Männer. Vereinzelte Soldaten sprangen in die Kellerfenster

eines Hauses. Willi kroch unter einem umgekippten Wagen hervor, unter dem er Deckung genommen hatte. In gebückter Haltung, wie er es eben bei den Soldaten gesehen hatte, raste er die Straße entlang.

Plötzlich hielt ihn jemand fest. Er sah in das bärtige Gesicht eines alten Mannes in Zivil. Er hatte ein Gewehr in der Hand und eine Hakenkreuzbinde um den Arm. Er gehörte zum Volkssturm.

»Wo willst du hin, Junge?«

»Meldung machen!«

»Dem Iwan?«

Willi schlug dem alten Mann in den Magen, daß der fluchend losließ.

Willi mußte nur noch über den Marktplatz. Plötzlich bekam er Angst. Der Marktplatz war ihm noch nie so groß vorgekommen. Sollte er auch in einen Keller kriechen? Willi ballte die Fäuste und kroch auf allen vieren los über den Platz. Ein sausender Schmerz fuhr ihm in den Rücken, der sich über den ganzen Körper ausbreitete und sofort wieder verging. Eine seltsame Stille breitete sich um Willi aus. Er verstand nicht, warum er die Einschüsse rund um sich sah, aber nicht hörte.

Jähde kam aus dem Alumnat, wurde größer und größer. Die Gewehrschüsse prallten wie Bälle an seiner Brust ab, und seine braunen Uniformstiefel glänzten in tausend Sonnen. »Der Jude ist in der Krypta«, sagte Willi, aber spürte nur, wie er sprach, hören konnte er nichts.

Jähde kam mit der Pistole in der Hand aus dem Haus. In den Straßen lagen tote Männer und Frauen, die den Keller nicht mehr rechtzeitig erreicht hatten. Zwischen Schüssen und Granatexplosionen schrie ein Kind. Nagold lief vom Kornhaus her über den Markt. Sein Gesicht war völlig verdreckt. Er winkte. Jähde überlegte, ob Nagold sich am Ende doch noch auf seine Pflicht als Nationalsozialist besonnen hätte.

»Haben Sie den Juden erledigt?«

Nagold sah Jähde an, als ob der den Verstand verloren hätte.
»Willi ist tot!« sagte Nagold.
Jähde antwortete nicht.
Gewehrschüsse trieben beide in den Hauseingang zurück.
»Willi ist tot!« sagte Nagold abermals.
Jähde fuhr wütend herum. »Bin ich dafür verantwortlich? Was machen Sie überhaupt hier?«
»Ich habe die Kinder gesucht.«
»Und«, fragte Jähde spöttisch zurück, »haben Sie sie gefunden?«
»Ja, Kimmich hat sie mit in die Krypta genommen. Den Juden auch.«
»Was?« Jähde hob seine Pistole.
Nagold war schneller. Im hohen Bogen flog die Waffe über beide hinweg auf die Straße.
An den gegenüberliegenden Häuserreihen schlichen ein paar Volksstürmer entlang. Sie trugen ein weißes Tuch.
»Seid ihr wahnsinnig?« brüllte Jähde.
Ungeachtet der Schüsse sprang er über die Straße. »Es wird nicht kapituliert! Ich verbiete das! Ich habe Vollmachten!«
»Von wem?« fragte einer der Männer.
»Von Kreisleiter Hoffmann! Die Stadt darf nicht übergeben werden!«
»Von dem haben Sie eine Vollmacht? Mit der können Sie sich Ihren Arsch wischen, solange Sie noch ...«
Die Männer lachten.
»Ihr Kreisleiter, Mann«, sagte einer und tippte sich an die Stirn, »der ist schon gestern nacht mit Sack und Pack abgehauen. Soll einer der letzten gewesen sein, die durchgekommen sind!«
»Abgehauen?« stammelte Jähde. Er konnte es nicht begreifen.
Die Männer ließen ihn mit Nagold stehen.
»Dort drüben«, sagte Nagold und wies über den Platz, »liegt Willi. Er ist tot, und es ist Ihre Schuld!«
Jähde antwortete nicht. Es blieb ihm nur die Möglichkeit, Nagold für sich zu gewinnen, wenn er sein Leben retten

wollte. »Ja, lieber Nagold«, begann Jähde mit einem gefrorenen Lächeln im Gesicht. »Sie haben wohl recht.«
Als Nagold nichts erwiderte, fuhr er fort. »Aber daß ich zu dieser Einsicht gekommen bin, habe ich Ihrer Tatkraft zu verdanken. Ich habe mich in Ihnen geirrt. Hätten wir solche Männer wie Sie als Kreisleiter gehabt, hätte dieser Krieg anders geendet!«
Nagold starrte Jähde an. Vor einer Stunde noch wollte ihn Jähde erschießen, forderte den Tod des jüdischen Kindes, und jetzt sprach er ihm Lob und Anerkennung aus.
Er drehte sich schweigend um. Jähde blieb neben ihm.
»Kannten Sie diesen Juden eigentlich?«
»Ja. Es ist ein Kind!«
»Was, ein Kind? Und das haben Sie mir nicht gesagt?«
Jähde war bestürzt.
»Da ist mir ja ein entsetzlicher Irrtum unterlaufen! Lieber Nagold«, sagte er leise, »ich nehme doch an, Sie werden Verständnis für Ihren ehemaligen Vorgesetzten zeigen. Schließlich habe ich Sie auch nicht angezeigt.«
Er sah Nagold vorsichtig an.
»Und wollen wir auch aussagen«, schrie Nagold, »daß Willis Tod eine gerechte Strafe des Schicksals war? Daß dieses Kind ohne Befehl, ohne Vorbild, rein aus der Verlogenheit seines Charakters heraus einen Juden verfolgte?«
»Aber, aber, Nagold, regen Sie sich nicht auf! Willi war ein hitziger Junge, der manches zu wichtig nahm. Es tut mir leid, aber er war nun mal nicht aus dem richtigen Holz geschnitzt.«

In der Krypta war die Angst zur Höllenqual geworden. Jeder Winkel war ausgefüllt. Dicht gedrängt saßen die Menschen nebeneinander. Von den rissigen Wänden rieselte der Mörtel. Die breiten Pfeiler, die das Gewölbe trugen, zitterten unter der Erschütterung der Detonationen. Den Altar der Mutter Gottes hatte man eng an die Wand gerückt. Auf seinen Stufen, mit den Rücken zur Heiligenstatue, saßen die vier Jungen, Ruth und Kimmich. Die Dunkelheit vermehrte die Angst und die Ungewißheit. Niemand schämte sich seiner

Furcht. Gebete wurden laut, Schluchzen, Jammern, Klage und Anklage. Ungeduld wechselte mit Ergebung, Bosheit mit Güte. »Hört doch auf zu beten«, schrie eine Stimme hinter dem Altar, »für uns hat der liebe Gott heute keine Zeit!«
Endlich wurde die Tür aufgerissen. Nagold humpelte über die Stufen herunter. Er sah Abiram, die Jungen und Kimmich.
»Die Russen sind da!« rief er.
Kein Mensch bewegte sich. Alle saßen sie da in taubem Entsetzen, unfähig zu beurteilen, ob diese Nachricht Gutes oder Böses für sie bedeuten würde.
Kimmich erhob sich. Er ging voran, Abiram und Ruth hinter sich, auf die offene Tür zu, hinter ihm Antek, Paule, Zick.
»Ist jetzt Frieden?« fragte Frau Nagold leise. Sie wagte nicht, ihrem Mann in die Augen zu sehen.
»Ja, Frieden«, sagte er und stützte sich auf ihren Arm, während sie mit ihm der Tür zuging.

Nachwort

1958 erschien der Roman »Stern ohne Himmel« in der DDR und in der ČSSR. Ein Jahr später machte ich aus dem gleichen Stück ein Theaterstück, das in Greifswald seine Premiere hatte. In Westdeutschland hielt man das Thema nicht für verkaufsträchtig. Damals gab es in der Bundesrepublik wenige Menschen, die etwas über ihre nationalsozialistische Erziehung lesen wollten. Und es gab wohl noch weniger Leser, die sich mit der Verantwortung einer solchen Erziehung auseinandersetzen wollten. Man schwieg und hoffte auf das Gras, das über alles wachsen sollte. – Vielleicht wäre es gewachsen, gäbe es keine Kinder und Enkelkinder, die das Fragen nicht lassen können, die wissen wollen, wieso ein Mann wie Hitler an die Macht kommen konnte, warum Juden in Deutschland vernichtet wurden, was die Hitler-Jugend tat, warum man nicht gegen, sondern für den Krieg kämpfte.

Das alles waren Überlegungen, die mir damals keine Ruhe ließen. Ich schrieb den »Stern ohne Himmel« nicht um anzuklagen, Buhmänner, Mörder und politische Verbrecher zu beschreiben, sondern um Erklärungen für das Verhalten einer Generation zu finden, die heute heranwachsende Kinder und Enkelkinder hat. Die unselige Schwarzweißmalerei machte mich ärgerlich. Es gab nur Nazis oder Antifaschisten, der deutsche Bürger zog es vor, den Mund zu halten. Ängste, Rechtfertigungszwänge, Anpassungswille mit der Hoffnung auf eine gesicherte Existenz knüpften wiederum ein Netz von Lügen, mit dessen Hilfe man glaubte, nicht in den Dreck zu fallen. Schweigsam und verbissen turnte man aufwärts, hörte nichts, sah nichts und redete vor allem nichts.

Die Geschichte der fünf Jugendlichen im »Stern ohne Himmel« wurde mir erzählt, irgendwann einmal in Berlin in einer kaputten Wohnung; wir tranken Wodka dabei

und ließen sie uns immer wieder erzählen, weil sie wahr war.
Frank Bayer (Regisseur in der DDR und Verfilmer von Jurek Beckers »Jakob der Lügner«) und ich wollten einen Film daraus machen. Leider konnten wir das Projekt bei der DEFA nicht unterbringen. Und so wurde aus der Geschichte ein Roman. Später geriet der »Stern ohne Himmel« in Vergessenheit, auch für mich.
Anfang 1978 sah ich einen Fernsehfilm. Redakteure fragten Schüler in verschiedenen Städten der Bundesrepublik, was sie von der Einrichtung eines Hitler-Museums hielten. Die Antworten waren ernsthaft, so ernsthaft, daß es peinlich war. Auch als die Schüler darüber aufgeklärt wurden, daß es sich um eine Fangfrage handelte, blieb die Sache peinlich. Keiner der Schüler wurde über die Zumutung der Frage zornig, obwohl die Redakteure der Sendung sicherlich damit gerechnet hatten.
Nach zwanzig Jahren fragte ich mich zum zweiten Mal, warum so viele Eltern immer noch nicht in der Lage sind, von ihren Zwängen, von ihrem aberwitzigen Gehorsam und dem nicht vorhandenen Eigenleben in ihrer Jugend zu erzählen. Falsche Scham verdrängt alle Gespräche, läßt Fragen unbeantwortet. Übrig bleibt nicht selten die Forderung nach einem abermaligen »blinden Gehorsam«.
Ich sprach mit meiner Lektorin darüber. Wir überlegten, ob die plötzlich hereinbrechende Flut von Büchern und Filmen zum Thema Hitler und Drittes Reich geeignet seien, dem Jugendlichen ein Verständnis vom menschlichen Verhalten, Fehlverhalten und Reaktionsvermögen dieser Zeit zu vermitteln. Wir überlegten auch, ob diese Bücher die Diskussion beleben können. Nichts anderes wollte ich damals und nichts anderes möchte ich heute mit diesem Roman.
»Stern ohne Himmel« ist geprägt in Stil und Handlung von meinem unmittelbaren Erinnern und Berührtsein durch meine Kriegserlebnisse. Die Situation war, als ich diesen Roman schrieb, für mich noch hautnah. Ich kannte den Glauben an der Nationalsozialismus, ich kannte die Ord-

nung und den Gehorsam, mit dem man sich die Erwachsenenwelt erobern mußte, und ich hatte gelernt, daß das staatlich verordnete Gedankengut meiner Nation unantastbar zu sein hatte. Heute wäre mir diese Art von Einfühlungsvermögen nicht mehr möglich. Die eigenen Lernprozesse, meine politische Entwicklung in der Bundesrepublik würden mich in der genauen Berichterstattung über das Verhalten der Jugendlichen im Dritten Reich hindern, automatisch liefen Thema und Story des Romans durch den Filter der Erfahrungen, und nichts wäre von dem tatsächlichen Denken und Handeln, den Hoffnungen, Ängsten und dem Mut dieser Zeit übriggeblieben, die im »Stern ohne Himmel« für mich so wichtig sind. Der Roman ist gegenüber der in der DDR erschienenen Fassung überarbeitet, aber das Charakteristikum der Betroffenheit ist geblieben.

März 1982 *Leonie Ossowski*

Utta Danella

Große Romane der beliebten deutschen Bestseller-Autorin.

01/13012

Der schwarze Spiegel
01/6940

Regina auf den Stufen
01/8201

Das Hotel im Park
01/8284

Der blaue Vogel
01/9098

Niemandsland
01/9701

Die Unbesiegte
01/9884

Ein Bild von einem Mann
01/10342

Wolkentanz
01/10419

Die andere Eva
01/13012

Flutwelle
01/6204

Die Hochzeit auf dem Lande
01/6467

Das verpaßte Schiff
01/6845

HEYNE